超级故事大王
CHAOJI GUSHI
DAWANG

王子和石像公主

WANGZI HE SHIXIANG GONGZHU

知识达人 编著

成都地图出版社

图书在版编目（CIP）数据

王子和石像公主 / 知识达人编著 . — 成都 : 成都
地图出版社 , 2017.1（2021.8 重印）
（超级故事大王）
ISBN 978-7-5557-0499-7

Ⅰ . ①王… Ⅱ . ①知… Ⅲ . ①童话—作品集—世界
Ⅳ . ① I18

中国版本图书馆 CIP 数据核字 (2016) 第 224789 号

超级故事大王——王子和石像公主

责任编辑：赖红英
封面设计：纸上魔方

出版发行	成都地图出版社
地　　址	成都市龙泉驿区建设路 2 号
邮政编码	610100
电　　话	028 - 84884826（营销部）
传　　真	028 - 84884820

印　　刷：固安县云鼎印刷有限公司
（如发现印装质量问题，影响阅读，请与印刷厂商联系调换）

开　　本	710mm × 1000mm　1/16		
印　　张	8	字　数	160 千字
版　　次	2017 年 1 月第 1 版	印　次	2021 年 8 月第 4 次印刷
书　　号	ISBN 978-7-5557-0499-7		
定　　价	38.00 元		

目录

王子和石像公主

从前，有一个自私的国王，他为了能永久地保住自己的权力，竟下令不允许王子结婚。因为按照该国的法律，王子结婚后，国王就必须让出王位。因此，可怜的王子一直被国王囚禁在城堡里。

很快三年就过去了。一天，王子终于等到了一次机会。边境上传来了敌人来犯的消息。按照规定，国王必须亲自率军迎击。因此，国王不得不将手中的王权暂时交给王子掌管。

临走时，国王恶狠狠地警告王子："不要以为我出去打仗，你就可以结婚。如果真的那样，你的妻子将会变成一堆冷冰冰的石头。"

面对狠毒的国王，勇敢的王子并没有畏惧。国王走后不久，他便骑着马离开王国，寻找自己的新娘去了。

　　一天，王子来到了一个叫黄金国的王国。在这里，王子与特提娜公主相遇了。很快，两人就成了一对依依不舍的恋人。就在王子准备将公主迎娶回国的时候，这一消息被在外征战的国王知道了，他命令巫师用魔法将公主变成了石头。王子伤心极了，抱着特提娜公主的石像失声痛哭，发誓一定要救活特提娜公主。

　　当天，王子便整理好行装，准备去寻找救活公主的方法。临走前，一位老婆婆赶来告诉王子："孩子，你要想救活特提娜公主，就一直向南走吧。那里有一座叫雅达的神山，山神能满足善良人的一切愿望，相信他一定能帮助你的。"王子听后，高兴极了，骑着骏马飞快地向南而去。

　　三个月后，王子所带的干粮全吃完了。他饥渴难忍，最后晕倒在荒山里。幸好一位好心的磨坊主救活了他。为了感谢磨坊主的恩情，王子对磨坊主说："好心人，我现在身无分文，不知该怎样报答你。我唯一能做的就是到雅达神山，为你实现一个愿望。"

　　磨坊主听了，开心地说："那好吧，你就帮我问问，为什么我日日夜夜不停地劳作，可麦子总是长不好呢？"王子记下磨坊主的话，告别了他，继续前行。

　　一天，王子不小心误入黑森林，迷了路。要不是一个善良的姑娘及时发现，将他引出黑森林，恐怕王子早就被狼吃了。为了表示感激，王子同样答应姑娘，到了雅达神山，帮她实现一个愿望。

　　姑娘说："那你就帮我问问，为什么我都快三十岁了，至今还没有一个小伙子向我求婚呢？要知道，大家都夸我是貌若天仙的公主。"王子记下姑娘的话，告别了她，继续前行。

　　王子翻过重重山峰，终于来到了向往已久的雅达神山。他向山神诉说了自己的心愿——救活特提娜公主。山神很欣赏王子的勇气，便告诉他："要救活特提娜公主其实并不难，你回去后，将自己的血滴到石像上，公主就会复活。"王子听后，将手按在胸前，向山神由衷地表达了谢意。

接着，王子又问："崇高的山神，你还能帮我的两个朋友解决困难吗？他们一位是磨坊主，他虽然非常勤劳，但他的麦子怎么也长不好，这是什么原因呢？"

山神回答："磨坊主的确是一个很勤劳的人，但他不太善于观察事物，开动脑筋。他的麦子长不好，全是因为那些贪吃

的田鼠造成的。你回去告诉他，只需将麦田里的田鼠消灭掉，小麦自然会获得丰收。"

王子记下后，又问起了那位姑娘的事："伟大的山神，我还有一位朋友，虽然她年轻美貌，但年近三十还没有小伙子向她求婚，这是为什么呢？"

山神回答："那位姑娘的确非常漂亮，但她只注重外表，却不勤劳。她至今得不到小伙子的求婚，全是因为这个造成的。你回去告诉她，说她只需改掉不爱劳动的毛病，自然就会有小伙子向她求婚。"

王子回去的路上，将山神的话原原本本地告诉了磨坊主和姑娘。后来，姑娘改掉了懒惰的坏习惯，她和磨坊主成了一对好夫妻。他们一起捕捉田鼠，秋天一到，麦子果真丰收了。为此，他们都非常感激山神和王子。

此时，王子早已回到了自己的王国。他照山神所说的办法，用自己的血救活了公主，并与公主举行了隆重的婚礼。而自私残暴的国王因失去王位，被气死在战场上了。

王子和小公主

从前，有一位年轻英俊的王子，他特别喜欢打猎。

在一次打猎途中，王子在森林里迷了路，误进了邻国国王的王宫。

高傲的国王对冒失的王子非常生气。但碍于王室的礼仪，他又不能明目张胆地将王子处死。这该怎么办呢？一个巫师得知消息后，立即给国王出了个好主意。

于是，国王对王子说："我有三个公主，你轮流在每个公主的卧室里看守一个晚上。每晚午夜 12 点敲钟的时候，我会来叫你，你必须回答我。如果你做到了，你就可以娶其中一个公主为妻；如果你没有做到，我就会杀了你。"

　　第一天晚上，王子来到了大公主的卧室里。午夜 12 点钟声响起的时候，国王来叫王子。王子正准备回答，大公主向他摇了摇头，说："尊贵的王子，你千万别回答。你一回答，就会立即被巫师诅咒，变成一只丑陋的癞蛤蟆。"

　　王子听了，点了点头。无论国王怎么叫喊，他就是闭口不答。最后，大公主让房间里的石人帮王子回答了。

　　第二天晚上，二公主用同样的办法救了王子。

　　第三天晚上，王子来到了小公主的房间。刚一进门，王子就被小公主美丽的脸庞吸引了，而英俊的王子也赢得了小公主的爱。经过一番交谈，他们都深深地爱上了对方。

当午夜 12 点钟声响起的时候，国王又来叫王子了。这次，小公主帮王子回答道："父王，请您让我嫁给英俊的王子吧。"国王听到这话，气呼呼地走了。

三天过后，王子来到王宫，向国王提出要娶小公主为妻。虽然国王心里很不情愿，但他不得不故作笑脸地对王子说："我不得不承认，你是一个非常聪明的人。不过，光凭这点儿小聪明就想娶走我心爱的女儿，那可不行！"说着，国王又向王子提出了两个新的要求。他承诺，如果王子做到了，就将小公主嫁给他。

第一个要求是王子必须用国王给他的斧子，在一天内砍倒森林里所有的树木。

王子接过斧子一看，惊得满头大汗。这把斧子不仅锈迹斑斑，而且还没有斧柄。这样的斧子怎么能砍倒树木呢？

　　王子来到森林，给斧子接上一截儿树枝做斧柄，然后就用力地砍起了树。

　　可没过多久，斧刃就卷了起来。王子没办法了，一屁股坐在地上，泄气了。

　　这时，小公主赶来了。她安慰王子说："亲爱的王子，别着急，让我来帮你吧。"说着，小公主将衣兜里的围巾拿了出来，用力地抖了抖，地上立刻出现了许多小矮人。"帮王子把所有的树都砍倒吧。"小公主命令道。

　　不一会儿，小矮人们齐心协力，像割草一样把整个森林的树都砍倒了。就这样，王子完成了国王交给他的第一个任务。

　　第二个要求是王子必须用国王给他的那把玻璃铲子，在一天的时间内将池塘里的污泥掏干净，而且要在池塘里养上各种各样的鱼儿。

　　王子接过玻璃铲子一看，心里又是一阵叹息。这把玻璃铲子薄得像糖纸一样，连风都抵挡不住。王子来到池塘，没掏几下，玻璃铲子就碎了。

　　这次，小公主把一篮子玫瑰花瓣撒进了池塘。顿时，玫瑰花瓣变成各种各样的鱼儿在水里游了起来。很快，它们就将池塘里的污泥清理得干干净净。

　　王子顺利地完成了第二个任务，可国王还是拒绝将小公主嫁给他。王子和小公主很难过，他们趁着黑夜偷偷地逃出了王宫。他们没逃多远，国王就骑着快马追他们来了。小公主将王子变成了教堂，自己变成了一位牧师。国王被牧师深情的祷告吸引住了，将小公主和王子的事忘得一干二净。

第二天，国王又追来的时候，小公主将王子变成了玫瑰树，自己变成了玫瑰花。国王追到玫瑰树前，马过不去了，国王只得空手回到了王宫。

最后，王后决定亲自去将小公主追回来。这一次，小公主将王子变成了池塘，自己变成了鱼儿。

任凭王后用各种东西来诱惑鱼儿，鱼儿始终不为所动。看到这一切，王后被感动了，她决定不再阻挠他们相爱了。

国王在王后的劝说下，答应将小公主嫁给王子，并为这对真心相爱的人举行了盛大的婚礼。

少年王子

从前，有一个小王子。他刚出生不久，母亲就染上了瘟疫。老国王认为灾祸和不幸都是小王子带来的，于是就下令处死小王子。

小王子的母亲得知后，在临死前将他偷偷地托付给一位牧羊人，小王子这才躲过了灭顶之灾。

转眼间，十六年过去了，小王子长成了一个英俊的少年。而老国王却在一天天地衰老。直到老国王知道自己来日无多的时候，他才后悔赶走了唯一的儿子——小王子。于是，老国王下令把小王子找回来继承王位。

小王子知道后，心里既恨又爱。他恨老国王无情无义，把他赶出了王宫，可老国王毕竟是他的父亲。他应该回去见一见老国王。

最后，小王子勇敢地回到了王宫，对久病卧床的老国王说道："亲爱的父王，您还好吗？愿上帝保佑您早日恢复健康。"说完，小王子欠欠身子，转身便要离开。

这时，老国王拉住了小王子的手，说："亲爱的，难道你真的不想继承我的王位吗？"

小王子回答："亲爱的父王，我这次回来只是想看看您，并为您的健康祈祷。我不能继承王位，因为我早已习惯了牧羊人的生活。"

听了小王子的话，老国王感动得热泪盈眶。他颤巍巍地对小王子说道："亲爱的，你的圣洁与高尚，越发显得我卑贱而

愚蠢。看在我即将离世的份儿上，你就答应我继承王位吧，我想这也是臣民们的意思。"说完，老国王就离开了人世。

为了满足父王的遗愿，在臣民的恳求下，小王子还是继承了王位。刚回到王宫，小王子就被安排学习各种王宫礼仪：怎么走路，怎么吃饭，怎么说话，怎么微笑……

第二天就是小王子登上国王宝座的日子了。这几天，大臣们费尽心思地为那个隆重时刻的到来作着准备：全国最好的设计师已经设计好了一顶象征着至高无上王权的王冠，金灿灿的王冠像太阳一样耀眼。织坊里的纺织机一刻也没有停止过，最好的裁缝夜以继日地工作着。他们只有一个目的，在登基仪式前为新国王织出一件最华丽、最高贵的衣服……举国上下一片忙碌。

睡梦里，小王子恍惚来到了纺织坊。辛勤的织工正在昏暗的灯光下忙碌地工作着。他们脸色苍白，衣服又脏又破，汗水从他们的脸上滴落下来。

两个多月的时间里，这些工人没有回家一次，每天都待在纺织坊里昼夜不停地工作。有人的孩子生病了，有人的亲人去世了，但是他们都不能离开纺织坊一步。

接着，小王子又来到了海边。一排士兵拿着棍子，站在岸边，指挥一群赤裸着上身的渔民跳入海里。这时，他们中间一个瘦小的少年害怕了。

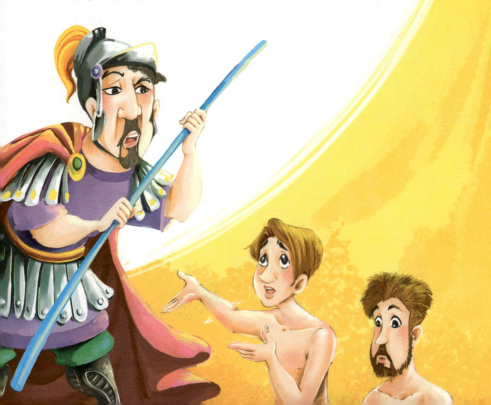

他的年纪和小王子差不多大，他哭着请求士兵："求求你们放了我吧，我不会游泳。下了海，我肯定会被鲨鱼吃掉的！"

士兵挥动着手中的棍子，恶狠狠地骂道："该死的家伙！你不会游泳也必须下海为我们的国王寻找珍珠，否则我就杀了你全家。"少年害怕了，闭上眼睛，痛苦地跳进了海里。

不一会儿，几个渔民浮出水面，将手中的珍珠交给了士兵。其余的渔民再也没有上来，他们有的被鲨鱼吃掉了，有的被淹死了。

小王子睡醒后，大臣们早已捧着金光灿灿的王冠和华美的衣服站在一边了。

　　小王子将自己的梦告诉了他们，然后痛苦地说："这些奢华的东西是用多少人的眼泪、汗水、尸骨换来的呀，我不能要！"

　　接着，小王子穿上自己从乡下带来的粗布衣服，戴上用野花做成的花环，拿着绿色的橄榄枝，一步步走向王位。

　　大臣们哭了，百姓哭了，他们齐声欢呼起来："祝愿我们的国王永远平安！祝愿我们的国王永远快乐！"

　　就在这时，一束阳光洒到了小王子身上，他的衣服和手杖都被镀上了一层太阳的光芒。他每走一步，百合花就盛开在他的脚边，长着翅膀的天使也飞过来亲吻他光洁的额头。

　　就这样，小王子成为了一名受人尊敬的少年国王。

白熊王子

从前，有一户贫穷的人家。他们一家三口挤在破旧的茅草屋里相依为命。老头儿种地，老婆婆给别人缝补衣物，小女儿每天一早赶着几只瘦兮兮的羊到山上吃草。尽管他们辛勤劳作，还是常常吃不饱。

一天，家里来了一头披着斗篷的白熊。他举止优雅，很有绅士风度。白熊提出要带走小女孩，并承诺给予小女孩无尽的幸福。

父母无奈地将女儿卖给了白熊。白熊将女孩带到了一座富丽堂皇的王宫。这里有绚丽夺目的珠宝，有宽敞明亮的房间，还有各式各样可口美味的食物。

然而，令人奇怪的是，在这座庞大的王宫里，除了白熊和女孩外，竟没有一个人。

　　一开始，女孩在王宫里过得很幸福，吃的、穿的、玩的应有尽有。而且，不管她提出什么要求，白熊都会立即满足她。

　　然而，日子一长，女孩渐渐厌倦了这种奢侈的生活。因为在她身边连一个说话的人都没有，她实在太孤独了。

　　一天，女孩闹着要出宫。白熊知道了，跑来安慰她说："只要你规规矩矩地待在王宫里，我答应你，每天晚上都会来陪你。不过，我来的时候，你不许在房间里点灯。"女孩听了，笑着点了点头。从那以后，白熊每晚都会来陪女孩。

有一次，女孩的好奇心战胜了理智。在白熊步入房间时，她偷偷地点亮了蜡烛。

奇迹发生了。那只谦逊的白熊不见了。在烛光的照耀下，出现了一个英俊的王子。

女孩吃惊极了，拿着烛台的手不禁一抖，三滴蜡油便滴到了王子的衬衣上。

王子对女孩说："我是卡鲁司王子，我被继母施了魔法，她逼我娶那个和她一样恶毒的女儿。"

第二天早晨，女孩醒来的时候，白熊和王宫都不见了，周围只不过是一片茂密的森林。

"我一定要找到卡鲁司王子，帮他解除魔法。"想到这儿，女孩收拾行装，向森林深处走去。

在大山下，女孩遇见了一位慈祥的老婆婆。没等女孩开口，老婆婆先问话了："亲爱的，你去哪儿？是去找你的心上人吗？"

女孩听了，红着脸惊奇地说："您怎么知道我的心事呀？"

老婆婆笑着说："哈哈，我并不知道你的心事，我只是猜中了而已。要知道，我的运气总是那么好。"说完，老婆婆给了女孩一个金苹果，并叮嘱说："去找我的老邻居吧，她或许知道王子在哪里。"

可是，老婆婆的老邻居也不知道王子的下落。不过，她送给女孩一辆金纺车，并让女孩去找南风帮忙。

女孩好不容易到了南风的家，可糊涂的南风也不知道王子的下落，但是它愿意带女孩去找北风："北风去过世界各地，它知识渊博，

心肠又好，一定能帮你找到
王子。"于是，南风带着女
孩飞啊飞啊，不到半天时间
就飞到了北风的家。

听说女孩要寻找王子的
下落，北风回答："姑娘，
你算找对人了。我知道王子
在哪里，我这就带你去。"

好心的北风带着女孩飞啊飞，终于飞到了王子的宫殿
外。然而，女孩在宫殿外徘徊了好些天，也没有看到王子。
渐渐地，女孩的盘缠花完了，她不得不拿出老婆婆的金苹果
在王宫外叫卖。

一位公主见了女孩的金苹果，表示愿出高价买下来。

可是女孩说："我的苹果不卖。如果你喜欢，我可以免
费送给你。不过，你得答应我一个条件。"

公主听女孩这么一说，心里更高兴了。她想："天底下
还有这么傻的人，卖东西竟然不要钱。"

于是公主说："说吧，只要你能把金苹果送给我，什么
条件我都可以答应你。"

女孩说："让我见一见王子吧。"贪心的公主听了，一口
答应了。她把女孩引进了宫殿。

当女孩来到王子的房间时，她发现王子被公主的迷药给迷晕了。

第二天，女孩又拿出金纺车和公主交换了迷药。因此，当天晚上，王子吃的是公主没有下迷药的晚饭。女孩走进屋子，王子一眼就认出了她："我可爱的姑娘，你终于来了，明天我不得不和公主结婚了。"

原来，王子恶毒的继母要挟王子，如果不答应娶她的女儿，她就要把全国的人都变成白熊。王子出于无奈，只好答应了。

"我怎样才能帮助你呢？"女孩难过地问。

"明天你和公主比赛洗衬衣。如果你能把我衣服上的三滴蜡油洗掉的话，我就有救了。"女孩听了，自信地点了点头。

第二天，公主和女孩比起了洗衬衣。公主不但没有洗掉蜡油，衬衣反而越洗越脏。而女孩拿过衬衣，轻轻一揉，衣服就变得干干净净了。

女孩本以为这样就可以救出王子了，谁知狠心的继母却反悔了，她嚷着要把女孩赶出宫殿。

就在这时，老婆婆和她的老邻居、南风、北风赶来了。他们一起施起魔法，赶走了王子的继母和坏公主。

最后，继母的魔法被解除了，王子和女孩幸福地生活在一起。

青蛙王子

从前，有一位公主。从出生的那一刻起，她就拥有了世界上最美丽的容颜，同时也拥有了最高傲的心灵。

公主慢慢长大了。十五岁生日那天，国王送给她一个闪闪发光的金球。公主常常拿着金球到树林去散步。

树林里有一口古老的水井，公主特别喜欢在井边玩。有时，好奇的公主会探头往井里瞧。可除了黑糊糊的井底，她什么也看不见。

一天，公主又来到井边。她拿出那个可爱的小金球抛起来，再伸手接住，接住后再抛起来。

公主玩得很开心。突然，被抛起的小金球落到了井沿上，滚进了井里。公主急得大哭起来，越哭越伤心。

这时，从井里跳出来一只青蛙，对公主说道："美丽的公主，你为什么哭得如此伤心？你的哭声让我的心都快碎了。"

小公主伤心地说："我的小金球掉到井里去了！那是我最喜欢的玩具，现在我该怎么办哪？"说完，她又哭了起来。

"别伤心，我会游泳，可以帮你找回小金球。不过，你必须答应我一个条件，可以吗？"青蛙跳得离她更近了。

"好吧，只要你能帮我捡回小金球，我什么条件都可以答应你！"小公主急于找回小金球，想也不想就答应了。

青蛙继续说："你必须让我和你一起吃饭，用同一把小勺，我还要躺在你温暖的床上和你一起睡觉。"

小公主听青蛙这么一说，心里可生气了，心想："这只丑陋的青蛙真是太无礼了，脏兮兮的它只配睡在稀泥里。我这么高贵，怎么能答应它呢？"然而，小公主想快点儿找回小金球，所以就轻轻地点了点头。

青蛙见公主答应了自己的要求，就跳进了水井里。很快，青蛙就从井

里把小金球抛了出来。小公主接过小金球，就向王宫跑去。她高兴得忘记了自己说过的话。

青蛙在她身后大叫："小公主，你千万别忘了我们的约定呀。"可是，兴高采烈的公主哪有心情去答理一只丑陋的青蛙呢？

这天晚上，小公主正在与父亲一起吃晚餐，外面忽然响起了"砰砰"的敲门声。仆人开门一看，原来是一只青蛙。

小公主低头一看，那不是帮助她取回小金球的青蛙吗。她顿时吓坏了，一下子扑倒在父亲的怀里。惊讶的国王连忙问道："亲爱的女儿，你怎么啦？难道一只小小的青蛙也会把你吓成这样吗？告诉爸爸，发生了什么事情？"

公主哽咽着把事情的经过告诉了父亲。国王是一个正直的人，他说："青蛙在你需要帮助的时候帮助了你，你就应该报答它，履行自己的诺言。赶快把青蛙先生请到桌子上来，与我们共进晚餐吧！"小公主只好把青蛙放了进来，并把它放到桌子上。看着大吃大喝的青蛙，小公主恶心得什么都吃不下。

吃完饭，青蛙又说："好困哪！我要睡觉了，你答应过我，我要睡在你温暖的小床上！"小公主伤心地大哭起来。她想："挨着这只冰冷的青蛙，一定会做噩梦的。"但是，父亲向她投来严厉的目光。

在父亲的坚持下，小公主只好用两个手指头把青蛙拎到了自己的房间。

当小公主躺在床上时，小青蛙也跟着爬了上来。

"你难道不知道自己是一只青蛙吗？为什么一定要像人一样生活呢？我愿意送给你很多金银财宝，只要你不再这样纠缠我！"

小公主再也无法忍受和青蛙在一起相处了，只好小心翼翼地请求它。眼泪顺着小公主光滑的脸颊流了下来，滴在青蛙的身上。

就在这时候，奇迹发生了：一阵烟雾过后，青蛙竟然变成了一位英俊的王子。

接着，王子向惊讶的小公主说了发生在自己身上的故事。

原来，他被一个恶毒的巫婆施了魔法，变成了一只只能待在水井里的小青蛙。只有碰上一位美丽的公主，沾上她的眼泪，才能解除他身上的魔法。王子终于等来了这一天。美丽的公主的眼泪滴在了他的身上，让巫婆的魔法被解除，让他获得了自由。

第二天，王子带着小公主回到了自己的王国。他们举行了盛大的婚礼，过上了幸福的生活。

无畏王子

　　从前有位王子，虽然年轻，却充满了勇气和智慧。他不愿意留在父王的宫殿里坐享其成，便独自一人周游世界去了。他日夜不停地从早走到晚。他既不看地图，也不问路。因为不管走哪条路，他都觉得很新鲜刺激。

　　一天，无畏王子来到了一个巨人的屋前。看到巨人放的玩具，无畏王子一下子来了兴趣。院子里摆放着几个大球，还有九根像人一般大小的柱子。无畏王子找来一根铁棒，撬动起大球，把九根柱子全撞倒了。巨大的声响吵醒了正在午睡的巨人，巨人出门一看，才知道是一个小人儿在玩自己的九柱球。

　　巨人喊道："小东西，告诉我，是谁给了你这么大的力气，撞倒了我的九柱球？"

王子抬头看了看巨人，说："你以为只有你才有那么大的力气吗？我也有啊。"

巨人想了想，半信半疑地说道："小家伙，如果你真有本事，就去替我从生命树上摘个苹果来。我有一个未婚妻，她一直想得到它。"王子听后，爽快地答应了。

王子翻山越岭，终于来到了那个奇异的花园。花园里面有许多怪兽，它们一个个都在昏昏大睡。

于是，王子小心翼翼地跨过它们的身体，平安地到达了花园正中央的生命树下。

王子赶紧爬上树去摘苹果。王子正准备伸手时，突然发现每个苹果前都有一个不大不小的圆环。他必须通过这个圆环才能摘到苹果。由于王子急于想在巨人面前证明自己，所以他想也没想就把手伸了进去。

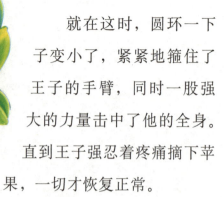

就在这时，圆环一下子变小了，紧紧地箍住了王子的手臂，同时一股强大的力量击中了他的全身。直到王子强忍着疼痛摘下苹果，一切才恢复正常。

王子赶紧拿着苹果跳下了树。慌乱中，他不小心踩醒了一只躺在门口的狮子。狮子马上跳了起来。奇怪的是，狮子并没有伤害他，而是把王子当成主人一样，顺从地跟着他来到了巨人的面前。

巨人高兴极了，想不到自己的愿望这么快就实现了。他拿着苹果去见未婚妻。

聪明的少女看到巨人手里的苹果，摇着头说："我不相信这苹果是你摘的，除非我能看到你手上的圆环。"巨人只好回去找王子要圆环，但王子不想给他。

他们厮打起来。巨人没能伤着王子，因为王子有了圆环的魔力，变得更加强大了。最后，巨人想了一个诡计。他趁王子在河里洗澡时，拿起圆环就跑。狮子看见了，马上追了上去，夺回了圆环。

巨人不死心，躲到橡树后，趁王子穿衣时弄瞎了他的眼睛。可怜的王子站在那儿，双目失明，不知如何是好。巨人走到他身边，把他带到一块巨石的顶端，想摔死他后再取走圆环。忠实的狮子叼住了王子的衣服，把他慢慢地拖了回来。

当巨人发现自己的诡计再次落空时，他抓起王子，又顺着另一条路上了悬崖。他们走近崖边，巨人刚放开王子的手，狮子立刻追上去把巨人推下了悬崖。

接着，狮子把主人引到一棵树下，树前有一条清澈的小溪潺潺流过。狮子用爪子把水溅到王子的脸上。水滴进了王子的眼里，王子的眼睛重见光明，而且双眼比以前更明亮了。

王子继续和狮子周游世界。这天，他们来到了一座魔宫前，

发现大门口坐着一位五官俊俏但皮肤却很黑的姑娘。

姑娘对他说："要是你能解除我身上的魔咒就好了！"

"那我该怎么办呢？"王子问。

"你如果能在三个夜晚忍受住魔鬼们的折磨，不发出一点儿声音，我就可以获得自由了。"王子听了，点了点头，勇敢地走进了魔宫。

到了深夜，魔宫忽然响起了一片喧哗声，一下子钻出许多恶魔。他们把王子推倒在地，抓他、掐他、拖他、拧他，百般折磨他。圆环失去了魔力，但王子还是坚持着，没有发出任何声音。天快亮时，魔鬼们走了，王子痛得几乎不能动弹。姑娘将一小瓶生命水倒在王子身上，为他擦洗身子。王子没有了痛楚，反而平添了一股新的力量和勇气。

"你做得很好，但还要坚持两个夜晚呢。"姑娘说完就走了。王子发现她的脚变白了。

第二天晚上，魔鬼们又来了。他们扑向王子，比前一晚更加残忍地折磨他。王子默默地忍受着钻心的疼痛，被魔鬼们弄得遍体鳞伤。直到天快亮的时候，魔鬼们才无奈地走了。

天一亮，姑娘又用生命水治好了王子的伤。等她走时，王子高兴地发现：除了脸，姑娘全身都变白了。王子心想："只要再忍耐一晚，就可以帮姑娘彻底解除魔咒了。"

第三天晚上，魔鬼们全跑了出来。它们恶狠狠地对王子吼道："这次我们一定要把你折磨死！如果你是铁打的，那我们就是无情的火焰，要把你烧成灰烬。"说完，它们一窝蜂地跑上来，把王子扔来扔去。

它们还扯王子的手和脚，几乎要把王子撕成碎片。坚强的王子还是忍住没有发出一点儿声音。最后，魔鬼们只好认输。王子却晕倒在地，连抬头的力气都没有了。姑娘跑过来，用生命水为他擦洗伤口。王子渐渐苏醒了过来，又变得精神抖擞、神采奕奕了。

王子看见一个白净的姑娘站在身旁，欣喜不已。姑娘说："是无畏的你解救了我，我愿意做你的妻子。"就这样，王子和姑娘幸福地生活在一起，那头忠实的狮子也一直陪伴着他们。

特斯王子

很久以前，有一个又穷又小的王国。在这个王国里，只有一百户村民和一百个士兵。

国王有一个叫特斯的王子。王子出生的那一天，东边出现了一颗金色的星星。

于是，巫师告诉国王："这个孩子在十四岁时会和一个大国的公主结婚，继承这个王国的所有领土和财富。"

很快，这个惊人的消息就传到了那个大国国王的耳朵里。蛮横的国王听了很不高兴，因为他可不想让一个穷国国王的儿子夺走他所有的领土和财产。

于是，他派人将小特斯抢来，放进一个小箱里，扔进了小河。可是，箱子并没有沉到水底，而是漂浮在水面上，被一个磨坊主捞了起来。磨坊主发现里面竟是一个漂亮的小男孩，就把他当作自己的孩子来抚养。小男孩慢慢地长大了，人见人爱。

十三年后的一天，大国国王从磨坊路过，看见磨坊主的儿子有些面熟。他一打听，才知道磨坊主的儿子竟是特斯王子。

想起以前的传言，国王十分害怕，便想出一个主意，他叫特斯送一封信给王后。信上恶毒地写道："尊贵的王后，看到信后，你立刻把这个送信人杀死！"小特斯不知信中的内容，又不敢违抗国王的命令，便带着信出发了。

可没多久，他就在森林里迷了路。他走进一间小屋，里面住着一个老婆婆。老婆婆悄悄地看了信，决定帮助这个无辜的孩子。于是，她把信换成了如下内容："尊贵的王后，看到信后，马上把女儿嫁给他。"

第二天，特斯王子来到王宫，将信交给了王后。王后看过信，见特斯如此英俊，非常高兴，立即为他和公主操办起婚事来。过了一段时间，国王回到了王宫。当他得知特斯不但没有被杀死，反而即将做他的女婿时，顿时气得暴跳如雷。

他恶狠狠地对特斯吼道："想要娶我的女儿，可没那么容易！你必须下地狱给我取回魔王头上的三根金发。如果你做不到，不仅娶不到我的女儿，还要因此而丧命！"于是，特斯王子告别了美丽善良的公主，背上行囊，踏上了冒险的路途。

一天，特斯王子经过一座城市时，卫兵拦住他，问："我

们集市中有一座很漂亮的喷泉，为什么干涸了呢？"

特斯王子回答："等我回来的时候，我会告诉你答案的。"卫兵见特斯王子说得十分诚恳，便放行了。

不久，特斯王子又来到了另一座城市，那儿的卫兵问："我们国家的金苹果树为什么现在连一片叶子也不长了呢？"

特斯王子回答："等我回来时，你就知道答案了，祝我好运吧。"

最后，特斯王子来到一个大湖边。他必须横渡过去。船夫问道："为什么我总是在这水上不停地摆渡而无法脱身呢？"

特斯王子说："当我返回时，我会告诉你答案的。"于是，船夫摆渡，载着王子渡过了湖。

后来，又经过数月的艰难跋涉，特斯王子终于来到了地狱。魔鬼的奶奶一见到特斯就问："你来这里干什么呀？"

特斯王子诚恳地回答："我想得到魔王头上的三根金头发。"接着，他把自己的遭遇讲给魔王的

奶奶听，还把路上遇到的三个令人费解的问题说了一遍。

老奶奶很同情王子的遭遇，决定帮助他。于是，老奶奶把特斯王子变成一只蚂蚁藏了起来，并对他说："我在给魔王拔头发的时候，你一定要留神听魔王所说的话。"

不久，魔王回家了。经过一天的折腾，他累了，很快就把头枕在奶奶的膝上睡着了。

这时，老奶奶拔下了他头上的一根金头发。魔王惊醒后，很生气。老奶奶就说："我梦见某个城市的集市上有一座喷泉突然干涸了，这是为什么呢？"

魔鬼回答："喷泉里面蹲着一只青蛙，青蛙死了，堵住了泉眼。"说完，他又睡着了。

老奶奶又拔了根金头发，在魔王惊醒后问他说："我又梦见一棵过去结金苹果的树，现在树上却一片叶子也不长，这是怎么回事呢？"

　　魔王说："那棵树的底下，有只老鼠在不停地啃树根。只要它死了，那棵树就会重新长出嫩芽，结出金苹果。"说完，他又睡着了。

　　接着，老奶奶拔下了第三根金头发，在魔王惊醒后问他说道："我又梦见一个船夫总是在水上摆渡，始终不能脱身干别的事情，这是为什么呢？"

　　这时，魔王有些不耐烦了，嚷道："那船夫真蠢，如果他把船篙交到一个渡客的手中，他不就脱身了吗？让我好好儿地

睡吧，别再打扰我了。"

第二天早上，魔王出门后，老奶奶将蚂蚁变回特斯王子，然后把三根金头发送给他，并叮嘱他一定要记住那三个问题的答案。特斯王子向老奶奶深深地鞠了一躬，踏上了回家的路程。一路上，特斯王子分别把答案告诉了城里的卫兵和船夫。

终于，这个幸运儿回到了王宫，把三根金头发交给了国王。这样一来，国王再也没有理由反对他和公主的婚事了。最后，国王很不情愿地为特斯王子和公主举行了隆重的婚礼。

婚礼结束后，特斯告诉国王："在湖的对岸，有很多金银财宝。你只要让船夫把船篙交给你，就可以渡过去收获金子了。"

贪婪的国王高兴极了，他来到船上，从船夫手中接过了船篙。结果，他永远地留在了船上，不停地摆渡，再也回不来了。

星星王子

　　从前有一个无儿无女的国王。在一个寒冬的夜晚，他看到一颗星星掉进了森林。国王很好奇，便顺着星星掉落的方向找了过去。

　　不久，国王在森林深处发现了一个浑身闪闪发亮的婴儿。天气虽然寒冷，可小男孩的小脸红扑扑的，一双亮晶晶的大眼睛不停地眨呀眨，就好像天上闪烁的星星。

　　善良的国王高兴极了，他把这个可怜的孩子抱回了王宫，还给他取了一个好听的名字——"星星王子"。

慢慢地，星星王子长成了一个英俊的少年。

不过，他一点儿也不善良，还特别娇贵。他喜欢穿最漂亮的衣服，吃最好的食物，过最上等的生活。

有一天，王宫外来了一个衣衫破烂的老婆婆。她对星星王子说："好心的孩子，请给我一片面包吧，我好几天没吃东西了！"

然而，星星王子冷冷地说："走开，你这个丑八怪！我宁愿把面包送给一条狗，也不会给你。"

看到星星王子如此冷酷，老婆婆气愤地说："孩子，再光鲜的外表也没有纯洁的心灵重要啊！"老婆婆说完，就一瘸一拐地走了。

星星王子没有理会老婆婆，他高兴地来到水井旁，准备捧水喝。

当从井里看到自己的样子时，他一下子惊呆了：他的脸上长满了又粗又大的疙瘩，就像蟾蜍一样。

　　星星王子伤心极了，心想："这一定是刚才那位老婆婆给我的教训。"星星王子懊悔万分，决心去找老婆婆，向她承认错误。

　　第二天一早，星星王子就出发了。当他经过一片森林时，突然听到一阵呼救声。他走近一看，原来是一只兔子不小心掉进了猎人的陷阱里。星星王子救起了可怜的兔子。

　　兔子感激地说："谢谢你，好心人，跟我来吧，我有宝贝要送给你。"

　　于是，星星王子好奇地跟着兔子来到了一棵老树前。兔子从树缝里掏出一枚金币送给他，并把老婆婆的住所说了一遍。

　　星星王子谢过兔子，来到老婆婆所在的城市。他一进城，就碰到了一个手拿破碗、摇着铃铛的乞丐。

　　乞丐用可怜巴巴的声音对星星王子说："善良的人哪，求你发发善心吧，我已经三天没吃东西了！"

于是，星星王子把兔子送给他的金币放进了乞丐的破碗里。这时，一个守在乞丐旁边的歹徒看见星星王子有金币，便挥起手里的皮鞭对星星王子叫道："嘿，丑八怪，快把你所有的金币交出来。否则，有你的苦头吃！"

　　无论星星王子怎么解释，歹徒就是不相信他只有一枚金币。他非要星星王子第二天交给他十枚金币，不然，就不准星星王子进城。最后，星星王子急得在路边大哭起来！

　　就在这时，星星王子曾经救过的那只兔子突然出现在他的身旁。兔子说："好心人，不要怕，明天到来时，一切都会变好的！"说完，兔子就不见了。

　　第二天，星星王子冒着被歹徒抓走的危险，继续在城里寻找老婆婆。

　　他走啊走，终于在一条偏僻的小巷遇到了老婆婆和那个向他乞讨过的男子。

　　当星星王子看见衣衫褴褛的老婆婆，立即跪下请求说："宽宏大量的人，请原谅我以前的无礼吧！我愿真诚地向您道歉，以获得您的宽恕！"他刚说完，老婆婆和乞丐就变成了两位金光闪闪的神仙。

　　老婆婆将星星王子扶起来，高兴地对他说："快起来吧，星星王子，你已经用你的行动表达了你的忏悔，你高傲的心已经变得仁慈，我早已饶恕了你的罪过。"

　　星星王子伸出手，轻轻摸了摸自己的脸庞，那些可怕的疙瘩全都消失了。

　　星星王子真诚地说："谢谢你们给了我这样一个深刻的教训。现在我终于明白了，拥有善良而纯洁的心灵才是最美的人。"

波斯王子奇遇记

相传在很久以前，波斯帝国有一位叫胡斯鲁沙的王子。他聪明好学，兴趣广泛，不仅喜欢历史、文学，而且对天文、地理也十分精通。特别值得称道的是，他还能写一手漂亮的字。胡斯鲁沙十六岁时，就已成为周边地区一位小有名气的学者了。

当印度国王得知有这么一位天才少年时，他非常嫉妒，想让自己的国师出点儿难题让胡斯鲁沙出出丑。于是，他派了一个使团，载着各种名贵的礼物前往波斯，邀请胡斯鲁沙王子到印度讲学。

　　胡斯鲁沙愉快地接受了邀请。一年后，他带领一支由二十名护卫组成的驼队，踏上了去印度的路途。

　　途中，胡斯鲁沙不仅看到了许多新奇事，还学到了不少新知识。胡斯鲁沙常常笑着对护卫们说："我们还未到达印度，慷慨的印度国王就送给了我们这么多财富。"

　　然而一个月后，不幸的事情发生了。一群凶残的强盗趁夜袭击了胡斯鲁沙的驼队。虽然护卫们奋勇拼杀，终因寡不敌众，他们的财物还是被强盗们洗劫一空。胡斯鲁沙逃进了荒漠，受尽了种种磨难。

　　当只剩下最后一口气时，他终于被一个好心的裁缝救回了家。裁缝得知他是波斯王子，神色慌张地对他说："尊贵的王子，你现在所处的国家正是你父王的死敌，你千万别把自己的身世告诉第二个人。如果国王知道你在他的国家，他一定会把

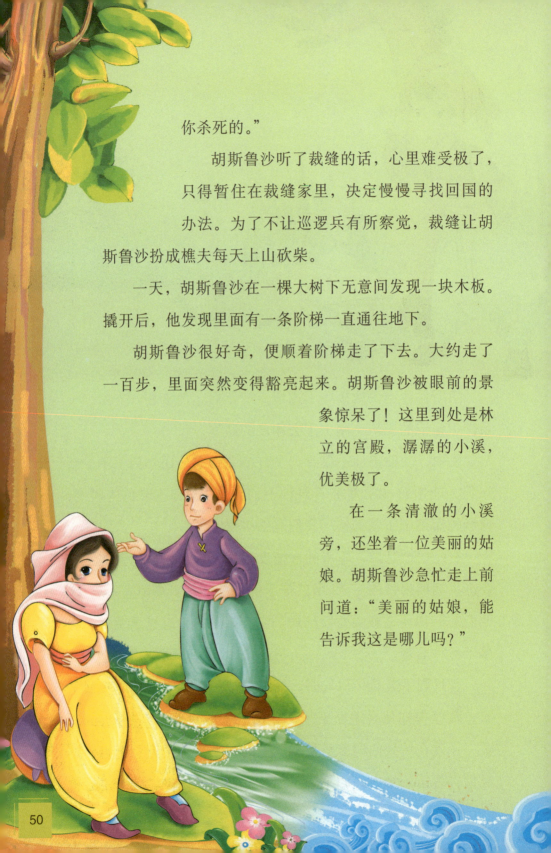

你杀死的。"

胡斯鲁沙听了裁缝的话，心里难受极了，只得暂住在裁缝家里，决定慢慢寻找回国的办法。为了不让巡逻兵有所察觉，裁缝让胡斯鲁沙扮成樵夫每天上山砍柴。

一天，胡斯鲁沙在一棵大树下无意间发现一块木板。撬开后，他发现里面有一条阶梯一直通往地下。

胡斯鲁沙很好奇，便顺着阶梯走了下去。大约走了一百步，里面突然变得豁亮起来。胡斯鲁沙被眼前的景象惊呆了！这里到处是林立的宫殿，潺潺的小溪，优美极了。

在一条清澈的小溪旁，还坐着一位美丽的姑娘。胡斯鲁沙急忙走上前问道："美丽的姑娘，能告诉我这是哪儿吗？"

姑娘见有陌生人到访，赶紧用纱巾遮住脸颊，神色不安地问："你是谁？怎么会到这儿？"胡斯鲁沙把自己的不幸遭遇说了出来。

　　姑娘叹着气说："我曾是一个王国的公主。在五年前的新婚夜晚，我被凶残的魔鬼带到了这里，从此失去了自由……"公主说着说着，不禁流下了伤心的眼泪。

　　胡斯鲁沙很同情公主的遭遇，安慰她说："尊贵的公主，你不用害怕，我会救你出去的。"说完，她牵着公主的手往回走。

　　然而，公主失望地说："王子殿下，谢谢你的好意，我是逃不出这所地狱的。无论我到哪里，魔鬼都能找到我。"说完，公主便催促胡斯鲁沙离开。因为小溪正在变成难闻的臭水沟，这预示着魔鬼即将到来。可是，胡斯鲁沙说什么也不肯离开，发誓要救出公主。

没多久，刚才还犹如天堂般的美景慢慢露出了丑陋的面容：小溪变成了难闻的臭水沟，宫殿变成了死气沉沉的山峦。就在这万分紧急的时刻，公主使出全力，把胡斯鲁沙推出了山洞。

然而，这一切并没有逃过魔鬼的眼睛。

晚上，魔鬼来到裁缝家，咆哮着对胡斯鲁沙吼道："你这个该死的小东西，竟敢带走我的爱妻，你将为此受到惩罚！"说完，魔鬼用咒语将胡斯鲁沙变成了一只猴子。

虽然胡斯鲁沙被魔鬼变成了猴子，但他始终没有忘记对公主的承诺。

一天，胡斯鲁沙在海边遇到了一个船长。当他用树枝在沙地上写出自己的遭遇时，船长惊呆了。因为他从来没见过会写字的猴子，而且这只猴子写的字竟然如此漂亮。

于是，好心的船长答应带他乘船去找一位魔法师，解救被困的公主。

一路上，胡斯鲁沙用自己的智慧帮助船长战胜了各种恶劣天气，终于抵达了魔法师所在的小岛。

然而，魔法师是一个非常刁蛮的人。他拿出一把长剑为难胡斯鲁沙，说："要我帮你，除非你能告诉我这剑上写的是什么。"

胡斯鲁沙接过长剑一看，正是自己曾学过的梵文，因此他很快就说出了上面的内容："魔鬼为铁狮所变，用此剑斩下他的头颅，可以让他永世不得翻身。"

胡斯鲁沙读完，恍然大悟。"剑上的梵文不就是自己苦苦寻求的答案吗！"

这时，魔法师微笑着对胡斯鲁沙说："孩子，快去吧！"

当天，胡斯鲁沙就赶到魔鬼的地下宫殿，救出了囚禁在里面的公主。可他们没逃多远，魔鬼就赶来了。

　　胡斯鲁沙立即有了主意。他对魔鬼说道："世界上只有我才配得上公主，因为你的本领没我大。你敢闭着眼睛受我一拳吗？"

　　魔鬼听了，大笑着说："今天，我倒要看看一只猴子有多大能耐，来吧！"说完，魔鬼闭上了眼睛。胡斯鲁沙迅速抽出长剑，斩下了魔鬼的头颅。

　　魔鬼死了，胡斯鲁沙身上的诅咒解除了。他重新变回了人。经过长途跋涉，他和公主回到了波斯，成了幸福美满的一对。

快乐王子

　　快乐王子的雕像高高地耸立在城市中一根高大的石柱上面。他浑身上下镶满了薄薄的黄金叶片，他的双眼是用两颗美丽的蓝宝石做成的。他佩了一把宝剑，剑柄上嵌着一颗硕大的闪闪发光的红宝石。

　　一天夜里，一只小燕子从城市上空飞过。它的朋友们早在六个星期前就飞往埃及去了，可它落在了后面。

　　"我去哪儿过夜呢？"这时，它看见了高大圆柱上的王子雕像。

　　"我就在那儿过夜好了。"小燕子高声说，"这真是个好地方！"于是，它在快乐王子两脚之间筑了巢。

　　突然，一颗大大的水珠落在小燕子的身上。它抬头望去，原来快乐王子的双眼充满了泪水，泪珠顺着他的脸颊淌了下来。

"你为什么哭呀?"燕子问。

快乐王子开口说道:"你看,我高高地站在这儿,城市的丑恶和贫苦我都看得一清二楚,所以忍不住哭了。远处的小街上住着一对可怜的母子。孩子生病了,他们却没有钱请医生!小燕子,你愿意把我剑柄上的红宝石取下来送给他们吗?"

于是,小燕子从王子的宝剑上取下红宝石,用嘴衔着,来到了穷人的身边,将红宝石放在那个女人身旁的桌子上。然后,小燕子回到快乐王子的身边。

第二天,王子又说:"城市的那一头有一个年轻人,在一张铺满纸张的书桌前埋头写作。他正在写一个剧本,但是他已经冻得写不下去了。壁炉里没有柴火,饥饿使他头昏眼花。

"亲爱的小燕子，请你取下我的一只眼睛给他送去，帮助他完成剧本。"

"亲爱的王子，"燕子哭着说："我不能这样做。要知道，世界上没有什么东西比眼睛更宝贵。"

"小燕子，照我说的话去做吧。"王子恳求道。

于是，燕子取下王子的一只眼睛，朝年轻人住的阁楼飞去。

等燕子回来后，王子又对他说："在下面的广场上，站着一个卖火柴的小女孩。她的火柴掉在阴沟里浸湿了，已经卖不掉了。如果她不带钱回家，她的父亲会打她的。亲爱的小燕子，请把我的另一只眼睛也取出来，给可怜的小女孩送去吧。"

燕子紧张地说："你的这只眼睛我可不能再取了，否则你会变成一个什么都

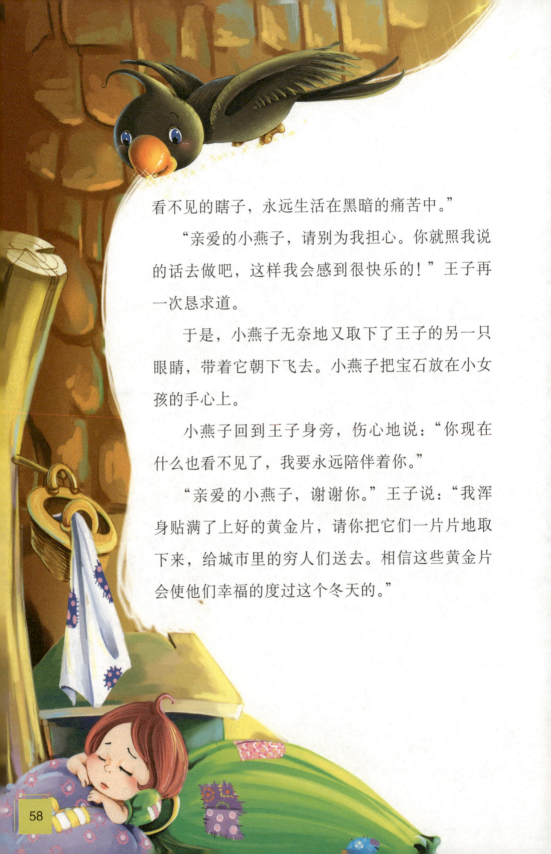

看不见的瞎子，永远生活在黑暗的痛苦中。"

"亲爱的小燕子，请别为我担心。你就照我说的话去做吧，这样我会感到很快乐的！"王子再一次恳求道。

于是，小燕子无奈地又取下了王子的另一只眼睛，带着它朝下飞去。小燕子把宝石放在小女孩的手心上。

小燕子回到王子身旁，伤心地说："你现在什么也看不见了，我要永远陪伴着你。"

"亲爱的小燕子，谢谢你。"王子说："我浑身贴满了上好的黄金片，请你把它们一片片地取下来，给城市里的穷人们送去。相信这些黄金片会使他们幸福的度过这个冬天的。"

小燕子将王子身上的黄金叶片一片一片地啄了下来，直到快乐王子变得灰暗无光。

小燕子飞到城市里的每一个角落，把这些纯金叶片一一送给了穷人。

那些人家的孩子们脸上泛起了红晕，他们在大街上欢乐无比地游戏着，还叫喊着："我们可以换好多面包了！"

冬天来临了，可怜的小燕子觉得越来越冷。最后，它跌落到王子的脚下死去了。

就在此刻，雕像体内发出一声奇特的爆裂声，好像里面有什么东西破碎了。原来是王子那颗铅做的心裂成了两半。

第二天，当阳光照射到王子身上时，他已经没有原来的神采了。那些得到过王子帮助的人从四面八方聚集到雕像下，谈论着王子的善良。他们不但准备重新修建这座雕像，还要隆重地埋葬王子脚下那只同样善良的燕子！

白德尔王子

　　白德尔是艾蒂纳国王的儿子，从小和母亲生活在希腊。一天，母亲拿出一把金柄剑给白德尔，叫他到艾蒂纳去找父亲艾蒂纳国王。白德尔拿着父亲留给他的金柄剑，历经种种磨难，终于来到了艾蒂纳。

　　艾蒂纳国王有几个兄弟，他们早就有篡权夺位的野心。他们听说白德尔披荆斩棘来到艾蒂纳，心里非常紧张。为了不让白德尔继承王位，他们决定杀死年幼无知的他。而这个阴谋的策划者就是萨哈莱，一个心肠狠毒的老妇人。

　　就在白德尔准备入城时，萨哈莱先找到白德尔，并对白德尔说："白德尔啊，见到你父王时不要急着告诉他你的身份，先看他能不能认出你，这样才能给你的父王一个惊喜。"善良的白德尔欣然答应了。

　　接着，萨哈莱又来到王宫告诉国王，说有个恶毒的年轻人，

扬言要杀掉国王。她要国王准备毒酒，毒死这个年轻人。

这一天，白德尔进宫来拜见国王。国王头戴王冠，手握权杖，显得十分威严。白德尔看到父亲后，不禁感慨万千，喜极而泣。

这时，萨哈莱低声对国王说："快让他喝下毒酒，不然就来不及了。"国王不知是计，赶紧叫人赐给白德尔一杯毒酒。

就在白尔德即将喝下毒酒的一刹那，国王突然高声叫了起来，"哎呀，不要啊！"原来国王不经意间看见了白德尔佩在腰间的金柄剑。

"这剑是你的吗？"

"不，妈妈告诉我，这是我父亲留给我的，她让我带着这把剑去找父亲。"

"天哪，我差一点儿就犯下大错了！我亲爱的儿子。"国王激动地和白德尔拥抱在一起。父子终于相认了。

狡猾的萨哈莱看到奸计败露，就悄悄地逃走了。没过多久，聪明的白德尔发现父亲总是愁眉不展。于是，他问父亲原因。

"唉，亲爱的孩子，克里特岛有一头凶猛的怪物叫海牛，

我们必须杀死它，国家才能得到安宁。"

"父亲不用担心，我马上就带人去除掉它。"

"孩子，千万要小心哪。你们去的时候使用黑帆，如果胜利回来一定要记得换成白帆。我会一直在海边等着你。"

勇敢的白德尔带着六名勇士乘坐巨大的战船，很快就来到了克里特岛。王子勇敢的举动深深地感动了克里特岛国王的女儿哈斯娜。

哈斯娜告诉白德尔，海牛住的地方是一座地形非常复杂的宫殿，一般的人在里面很容易迷失方向，甚至丧命。

哈斯娜交给王子一卷丝线，要王子战胜海牛后沿着丝线出来，她会握着丝线的另一端在外面等他。于是，王子牵着丝线一直向迷宫深处走去。

终于，王子发现了海牛，并与海牛进行了激烈的搏斗。最终，他用父亲留给他的金柄剑杀死了海牛。他沿着丝线离开了迷宫，带领勇士们凯旋。

然而，在回去的途中，王子忘记了父亲的嘱咐，没有将出征时使用的黑色船帆换成胜利后的白色船帆。艾蒂纳国王站在海边，看着海洋上越来越近的黑色船帆，心想："儿子肯定已经丧命了。"国王万分悲痛，不小心掉进了汹涌的大海。

胜利归来的白德尔王子得知噩耗，才知道自己犯下了一个多么严重的错误，他感到非常懊悔。

后来，白德尔去希腊将母亲接到艾蒂纳城，让她继承了父亲的王位。他帮助母亲治理国家，深受人民的尊敬和爱戴。

卷毛角王子

从前，有一位尊贵的王后，人们一见到她，就会被她的美丽所折服。令人没想到的是，她却生了一个很丑的王子。王子的额头上长着一束卷发，因此大家都叫他"卷毛角王子"。看到别人的孩子健康漂亮，而自己的孩子又丑又小，王后非常苦恼。

仙女知道后，特意来到王宫。她抱起王子凝视了很久，然后对王后说："亲爱的王后，请不用担心。小王子虽然有些丑陋，但他非常聪明。我已经送给他一种能力，这种能力可以使他得到爱他的人的美貌，同时也能使对方得到他的智慧。"

七年以后，邻国的王后生了一个女儿，让王后和国王失望的是，这个女孩虽然漂亮，却是一个傻子。

仙女知道后，又跑到王宫，对邻国的王后说："亲爱的王后，请不用担心。小公主虽然有些愚笨，但她非常美丽。我已经送给她一种能力，这种能力可以使她得到爱她的人的智慧，同时也能使对方得到她的美丽。"

时间过得很快，男孩和女孩转眼间都长大了。有一天，仆人们带着傻公主到森林里玩。公主高兴地跑来跑去，不知不觉地迷了路。公主害怕极了，哭个不停。

就在这时，她遇见了卷毛角王子。王子彬彬有礼地向公主问好，然后恭敬地说："聪明而美丽的女孩，能告诉我你为什么哭得这么伤心吗？"

公主抹了抹眼泪，说："你不要取笑我了，虽然我长得好看，但是我很笨。"

卷毛角王子说:"你不要难过,我有种能力,可以将自己的智慧分给喜欢我的人。如果我们结婚,那么你就可以渐渐聪明起来。"公主看了看丑陋的王子,心中有些犹豫。

王子见公主有些为难,便说:"美丽的女孩,如果你现在下不了决心,那么一年后再回答我好了。"

公主说:"好吧,一年后我们还在这里相见。"刚说完这句话,公主就觉得自己的头脑开始清醒起来。最后,她竟独自走出了森林。而卷毛角王子呢,他额头上的卷毛也少了许多。他变得比原来漂亮了。

公主回到王宫后,所有的人都觉得很惊讶。因为公主变聪明了,自己找到了回家的路。不久,来向公主求婚的人络绎不绝。然而,公主一个也看不上。因为他们虽然都很英俊,但心肠都很不好。

有一次，王宫里
来了一位王子，他各
方面的条件都很不错。
英俊的外表，高贵的
血统，优雅的举止，不凡的谈吐，让其他人望尘莫及。国王就
等着公主点头同意了，可是公主并没有答应。因为公主已经
变得很聪明了，她知道这些人来向自己求婚，并不是真的喜欢
她，而是因为她的美貌和国王的财富。

一年以后，公主忽然想起了与卷毛角王子的约定。于是，
她又来到了那片曾与卷毛角王子相遇的森林。

卷毛角王子早已等候在那里，他向公主问了好，高兴地
说："美丽的公主，我很高兴能再次见到你，现在能告诉我你
的决定吗？"说完，卷毛角王子闭上眼睛，屏住呼吸，侧耳倾
听公主的决定。

为什么卷毛角王子会如此紧张呢？因为这个决定对他来说

实在太重要了！他能否拥有英俊的外表，获得一生的幸福，全在公主的这个决定上。

公主点了点头，说："当我还是一个愚蠢的女孩时，几乎所有的人都不愿理睬我，甚至嘲笑我、捉弄我。只有你愿意和我在一起，并给予我慰籍和智慧。因此，无论你的容貌是多么的丑陋，我都愿意嫁给你。"

卷毛角王子听了公主的回答，非常高兴，说："如果你嫁给我，你愿意把你的美貌分给我一些吗？"

公主毫不犹豫地说："当然愿意！"说完，奇迹发生了。王子从头到脚都变了模样，他的卷毛角没有了，变成了一位英俊的年轻人。而公主也变得更加聪明了。

这样一对既聪明又漂亮的伴侣要结为夫妇，难道还会有人反对吗？第二天，国王为他们举行了隆重的婚礼，成全了这一对幸福的人。

三个王子和金河王

从前，在一个偏僻而贫瘠的山区，有一个非常神奇的山谷。凡是在这里种下的粮食，无论遇到干旱还是虫灾，秋天一到都会丰收。因此，人们把这个山谷叫作聚宝谷。而为聚宝谷灌溉的那条河流，也被叫作金河。

山谷和河流都是三个王子的产业。大王子叫施瓦茨，二王子叫库克，年纪最小的叫葛里克。葛里克生性善良，而他的两个哥哥为人十分刻薄，经常欺负葛里克。

有一年，聚宝谷又迎来了一个丰收年。施瓦茨和库克要上剧院看戏庆祝。临走前，他们像对待奴仆一样吩咐葛里克在厨房里烤羊肉。烤完，葛里克还得把香喷喷的羊肉送到剧院里。

两位哥哥走后不久，天上就下起了瓢泼大雨。正在烤羊肉的葛里克忽然听到敲门的声音。他朝窗外一看，原来是一个衣衫褴褛的矮老头儿。

　　老头儿一见到他，就乞求道："好心的孩子，我浑身都被雨淋湿了，难道你忍心让一个孤老头子在外面待着吗？"

　　善良的葛里克听了，毫不犹豫地打开房门，让老头儿进了屋子，还切下一块鲜嫩的羊肉递给他。此时，施瓦茨和库克见弟弟迟迟没将羊肉送来，便匆匆赶回家。当他们看见一个糟老头儿正在自己家吃羊肉时，气得直跺脚。库克拿起擀面杖就打葛里克。

　　而施瓦茨则给了他一个耳光，还恶狠狠地对老头儿说："你这该死的老东西，竟跑到王宫骗吃骗喝来了！"说完，施瓦茨使劲去推老头儿。可是，他的手刚碰到老头儿的衣领，身体便

不由自主地一个劲儿地转呀转，最后一头撞到了墙上。

　　"你们都等着吧，雨停了会有好戏看的！"老头儿冷冷地说完，然后就不见了。果然，大雨过后，令人意想不到的事情发生了。平日金灿灿的聚宝谷竟变成了一片漆黑的废墟，而那条金河也变成了干涸的沟壑。

　　从此，三个王子失去了聚宝谷，日子一天比一天难过。施瓦茨和库克不甘心过苦日子，便叫葛里克把王宫里所有的金器都熔化成金子，好拿到市场上变卖。

　　葛里克最喜欢的一只金杯也被丢进了坩埚里，他伤心地哭了。就在这时，从坩埚里传来一个微弱的声音："喂，可爱的葛里克，都这个时候了，你还哭什么呀，快把我放出来吧！"

葛里克吓了一跳，忙伸手去揭开坩埚的盖子，只见里面有一个金色的小人儿。

小人儿说："我是金河王，被恶魔封在了金杯里。你救了我，我一定要报答你。"

于是，金河王告诉葛里克一个秘密："如果谁在金河的源头滴上三滴圣水，金河就会恢复成原来的样子。如果谁把不干净的水滴了进去，那么他将永远变成一块黑石头！"金河王说完，化作一道金光不见了。

当施瓦茨和库克从葛里克口中得知这一秘密后，心里别提有多高兴了。他们赶紧跑到教堂，偷来一瓶圣水，向着金河的源头跑去。

路上，施瓦茨和库克遇到了一个饥渴难忍的白胡子老头。可他们谁都没有给予老头帮助，而是一溜烟地跑了。

他们来到金河边，将圣水滴进河床。突然一阵冰冷的寒风吹来，将他们刮到了干涸河里，他们立即变成了两块黑石头。

　　葛里克见两个哥哥久久不归，便沿着金河去找他们。

　　在烈日的烘烤下，葛里克很快就走不动了。他口渴极了，正想打开水囊喝点儿水，这时，他看到了那位饥渴难忍的白胡子老头儿。他步履蹒跚，哀求葛里克给他一口水喝。葛里克见了，赶紧把水囊递给了老人。

　　然而，老人并没有喝。他变成了金河王的模样，拿出一朵百合花交给了葛里克。雪白的花瓣上正好有三滴晶莹的露水。葛里克轻轻一抖，把这三滴水滴进了金河的源头。顿时，金河里涨满了水，源源不断地流向了聚宝谷。

　　从此，聚宝谷又恢复了往日的繁荣，而善良的葛里克王子则成了聚宝谷的国王，过上了幸福快乐的生活。

胆小王子

从前，有一个特别胆小的王子，名叫卡尔。只要遇到不熟悉的事物或者困难，他就会选择躲避。

小时候，卡尔和父王去森林打猎。在路上，他发现了一条毛毛虫，竟吓得跳进了河里，逗得随行的士兵们哈哈大笑。那时，国王以为卡尔还小，所以并没有将这事放在心上。然而，卡尔王子长大后，依然胆小。虽然他精通各种武艺，但见到敌人总是躲得远远的。

有一次，来了一伙强盗，四处烧杀抢掠。于是，国王派卡尔王子前去征讨。可是胆小的王子一见到强盗，就丢下士兵独自逃了回来。

不久，王子胆小的秘密就传开了。有人还编了一段歌谣来讽刺他："卡尔王子真胆小，见了敌人就要跑。"最终，王子因自己的胆小尝到了苦头，国王一气之下将他贬为平民，逐出了王宫。临走时，国王叹着气对他说："你如果想重新成为王子，就必须勇敢起来。"

卡尔王子哭着告别了父王，骑着马来到了另一个国家。当该国的玫瑰公主看到卡尔英俊的外表时，便深深地爱上了他。同样，卡尔王子也深深地爱上了玫瑰公主。不久，玫瑰公主的父王高兴地答应了这门亲事，为这对恋人举行了隆重的婚礼，并封卡尔王子为统率全军的玫瑰骑士。因为在国王眼中，卡尔王子不仅相貌英俊，而且武艺过人。

一次，邻国的骑兵来边境骚扰，国王立即下令卡尔王子率军前去征讨。然而，出发时人们找不到平时英武的玫瑰骑士了，因为他正躲在一处酒窖里微微颤抖呢。当玫瑰公主找到他时，他一个劲儿地摇头说："我不想打仗！"无奈之下，公主只得穿上卡尔的骑士盔甲前去应战。

　　不久，公主率领的军队击败了邻国的骑兵凯旋了。国王误以为是卡尔王子的功劳，特意在王宫为他举行了盛大的庆功宴。宴会上，卡尔王子强装笑脸，羞愧难当。他心里暗自发誓，一定要振作起来，改正自己胆小的缺点。晚上，公主来到卡尔王子的房间，鼓励他说："亲爱的，你一定要相信自己，以你的武艺不必畏惧任何的敌人。"说完，公主在卡尔王子的额头上轻轻地吻了一下。

　　过了几天，不肯罢休的敌人再次前来挑衅。卡尔王子得知后，立即披上盔甲，率兵征讨。虽然敌人的人数比上次多了不少，但卡尔王子为了公主，为了臣民，为了荣誉，勇敢地拿起长矛，冲进了敌阵，杀得敌人四处逃窜。

　　从此，卡尔王子不再胆小怯懦，成了一名优秀的骑士。卡尔王子的父王得知后，亲自来看望他，并恢复了他的身份。而那首曾羞辱他的歌谣变成了这样："玫瑰骑士披铠甲，敌人一见就害怕。"

两个王子

很久很久以前，有一位老国王得了重病。他的两个儿子都非常着急。医生说："只有生命泉才能治好国王的病。"

大王子想：要成为王位的继承人，就必须找到这种泉水，治好父王的病。于是，大王子骑上快马，离开了王宫。

在路上，一个小矮人向他打招呼："王子，你跑这么快，要到哪儿去啊？"

大王子傲慢地说："我到哪儿去，关你什么事！"结果大王子一进山就迷路了。

小王子见国王的病情越来越重，急得也去找生命泉。

　　小王子出发不久遇到了小矮人，小矮人向他打招呼："二王子，你跑这么快，要到哪儿去呀？"

　　小王子说："我父王得了重病，医生说要喝一种生命泉才能治好病。你能帮助我吗？"

　　小矮人听完，送给小王子两个面包和一把剑，然后对小王子说："生命泉在一座被施了魔法的城堡里，门口有两只狮子。你带上我给你的这些东西，会有用处的。"

　　小王子谢过小矮人后，来到了城堡下。接着，他按小矮人所说的方法，用剑敲打了三下城门，城门果然自动开了。

　　两只狮子扑了上来，小王子不慌不忙地把面包塞入它们的嘴里，两只狮子变成了两只大猫。

　　当小王子经过一间阁楼时，从里面走出来一位公主："小王子，你一来，城堡的魔法就解除了。我带你去找生命的泉水吧！"

"谢谢你，美丽的公主。"小王子彬彬有礼地说。

"不，应该谢谢你，是你为我们解除了魔法。如果你愿意，就请明年来娶我吧。"小王子听了，愉快地答应了。

在公主的带领下，小王子来到了后花园的岩石中，满满地盛了一壶泉水。由于救父心切，小王子来不及说声谢谢，便飞快地跑了。

在回国的路上，小王子见到了迷路的哥哥，就把经过告诉了他。

然而，当国王喝了小王子的泉水后，病不但不见好，反而更重了。

这时，大王子趁机说："一定是他给父王喝了毒水。"说完，大王子献上自己的泉水，让国王喝下。奇怪的是没多久国王的病就好了，国王立即下令将小王子关进监狱。原来小王子找到的生命泉，在路上被大王子偷偷换掉了。卫兵不忍心杀害小王子，便悄悄地把他放了。

　　一年后，苦苦等候的公主吩咐士兵们说："在城门前铺满金子，凡从金子上走过来的人，就请他进来。"小王子一心想见公主，骑着马，飞一样地冲进了城堡。公主高兴极了，和小王子结了婚，过上了幸福的生活。

　　而那个大王子最后因东窗事发被国王处死了，小王子也恢复了清白。

王子的好运

　　从前，王宫里住着三位王子。两个大王子厌倦了王宫里的生活，便想到外面的世界去见识见识。然而，他们出去以后，就再也没有回过王宫。

　　小王子很担心两个哥哥，于是决定出去找他们。小王子长得非常矮，不像两个哥哥高大英俊。但是，他的善良人尽皆知，大家都喜欢和小王子交朋友。

　　小王子走了几个月，经历了很多坎坷，终于找到了两个哥哥。小王子正想劝他们回家，可两个哥哥反过来劝小王子不要老待在王宫，应该和他们一起去外面的世界走一走，看一看，增长一下见识。

　　小王子本来就对外面的世界充满了向往，于是他答应了两个哥哥，决定和他们去周游世界。

他们首先遇到了一个鸟窝，哥哥们想捉出里面的小鸟。

小王子说："请你们别打扰它们安宁的生活。"在小王子的极力反对下，两个哥哥只好扫兴地走了。

不久，他们来到了一棵大树前，树干上有一个大蜂巢。

"我们来把这些蜜蜂统统烧死。"二王子高兴地说，"哈哈，场面一定非常壮观！"

小王子拦住他说："请放过它们吧。"两个哥哥没办法，只好走开了。

后来，他们在湖上看见一群天鹅。大王子说："我来抓两只天鹅，晚上烤了吃。"

小王子说："请让这些可怜的天鹅安宁地生活吧。"两个哥哥只好悻悻地离开了。

最后，三兄弟在一座荒废的城堡里遇到了一位被巫师诅咒的小公主。

为了解除小公主身上的魔咒，他们跟着一位老太太来到了两块石碑前，石碑上刻着如何解除小公主魔咒的方法：在森林里，有一千只蝗虫。如果在太阳下山前不能消灭它们，就会立即被变成石头。大王子和二王子看后，兴冲冲地出发了。可他们最终都没有成功，全变成了石头。

轮到小王子时，他不停地挥舞宝剑，可怎么也杀不完蝗虫。眼看太阳就快下山了，小王子伤心地哭了起来。这时，曾经被他救过的小鸟、天鹅赶来了。它们飞来飞去，很快就将一千只蝗虫消灭得一干二净。

最后，小王子要从三个一模一样的公主中找出最年轻美丽的小公主。碑文上唯一的提示就是小公主吃过一满勺蜂蜜。

这时，那些被小王子救过的蜜蜂赶来了，它们在三个公主的嘴上嗅了嗅，很快就找到了吃过蜂蜜的小公主。就这样，小公主身上的魔法被解除了，老太太也变成了一个美丽的仙女。

接下来，仙女为小王子和小公主举行了隆重的婚礼，两个深深相爱的人过上了幸福的生活。

利尼王子

利尼王子是国王最疼爱的孩子。他不仅高大英俊，而且善良勇敢。他非常喜欢打猎，是一个出色的猎人。

有一年夏天，利尼王子又到森林里去打猎，可这次他再也没有回来。悲伤的国王贴出告示，宣称谁能找到王子，谁就能获得王国一半的财富。于是，人们开始到处寻找王子，可是始终没有消息。

森林里住着一户农家。他们有个非常聪明的女儿，名叫西柯妮。当她听说王子失踪的消息后，心里非常着急。原来在前一年打猎的时候，王子就爱上了西柯妮。他曾向西柯妮许诺，次年来迎娶她。

第二天一早，西柯妮就来到森林里，她的好朋友梅花鹿见她一脸沮丧，就问："嘿，亲爱的西柯妮，你为什么如此悲伤呢？"西柯妮告诉梅花鹿，她心爱的王子失踪了。

"哦，跟我来吧，我知道王子在什么地方。"梅花鹿把西柯妮带到了一个山洞前，指着里面说："王子就在里面，被两个女妖施了法术！"

谢过梅花鹿后，西柯妮勇敢地走进了山洞。经过一番仔细的寻找，西柯妮在一个拐角处发现了两扇宽大的石门。她小心翼翼地推开石门，看到了阔别已久的利尼王子。他正盖着绣有天鹅图案的被子静静地躺在床上，好像睡着了。

就在西柯妮想要去叫醒利尼王子时，石门外传来了阴森森的脚步声。西柯妮赶紧躲进了黑暗的角落里。接着，两个妖怪进来了。年轻的妖怪对着被子说："天鹅，天鹅，唱首歌，快把王子唤醒吧！"于是，被子上的天鹅就唱起了歌，把王子唤醒了。

"亲爱的王子，你愿意娶我吗？"年轻的女妖娇滴滴地问道。

"不愿意！你这丑恶的老巫婆，还不给我走开！要知道，我早已有了心上人。"听了王子的回答，年轻的女妖又让天鹅唱了一首歌。没多久，王子再次睡着了。

等两个女妖一出门，西柯妮就跑出来，对着被子说："天鹅，天鹅，唱首歌，快把王子唤醒吧！"

当王子醒来，看见眼前的西柯妮时，高兴得跳了起来，说道："西柯妮，快跟我回家，做我的妻子吧！"

于是，利尼王子带着西柯妮高高兴兴地回到了王宫，向他的父亲讲述了西柯妮姑娘救他的故事。他告诉父亲，自己要娶西柯妮为妻。国王看着聪明、美丽、勇敢的西柯妮，高兴地答应了王子的请求，并为利尼王子和西柯妮举行了盛大的婚礼。森林里的动物们都来参加了他们的婚礼。他们就这样幸福地生活在一起。

本杰明王子

　　很久以前，有一个国王，他的脾气十分暴躁。在三个儿子中，他最喜欢小儿子本杰明。一天，国王和大臣们进山打猎，弄丢了自己的王冠。国王气得暴跳如雷，一口咬定是大臣们偷了王冠，就把他们都杀掉了。

　　回到王宫，国王把自己关在屋里，不肯出门。他的儿子们担心极了，都去问候父亲。然而，国王不领情，狠狠地骂了大儿子和二儿子。唯独见到小儿子本杰明时，国王的心情才好了许多，但还是一言不发。

　　为了帮父亲找回王冠，本杰明找了一匹快马，当天就出发了。他来到一个三岔路口，看到每个路口都立着一块石碑，上面分别写着"有去有回""此路不通"和"有去无回"。本杰明想了想，走了第三条路——"有去无回"。他越走路越窄，后来路窄得不能骑马。本杰明只好下马步行。天快黑时，他在一间小屋里遇见了一位老婆婆。最终老婆婆被本杰明的孝心感动，决定帮助他。

老婆婆说："我的女儿是东北风神博拉，脾气很坏，可她无所不知。等她心情好的时候，我帮你问问王冠的下落。"说完，她把本杰明藏在了床下。不久，博拉回来了，一进门，她就大喊大叫："我心情很不好。别惹我！快，我饿了！"老婆婆急忙端上饭菜，让她饱餐了一顿。吃饱后，博拉的心情好了许多。

这时，老婆婆让本杰明从床下走了出来。本杰明对博拉讲了父亲的事。

博拉说："我知道你父亲的王冠在哪儿，它被女妖埃尔西娜偷走了，这个贪婪的妖精最喜欢偷皇室的东西了。"

"请问怎样才能拿回我父亲的王冠呢？"本杰明迫不及待地追问。

"王冠就在女妖的床上，但是床上还放着两位女王的披肩和金苹果。这两位女王被囚禁在一口井里。井边有一只母鹅，它可以带你到井里救出女王。"接着，博拉还为本杰明画了一张女妖宫殿的地图。

本杰明来到女妖的宫殿外，扮成花匠混进了女妖的宫殿。很快，他就在女妖床上发现了王冠以及披肩和金苹果。他连忙把这几样东西收起来，飞快地逃离了那里。但女妖还是发现了他，一路追了过来。

聪明的本杰明赶紧藏到母鹅的翅膀下面，逃过了女妖的追捕。然后，他让鹅飞到井下，救出了两位女王。

国王看到失而复得的王冠，感动得流下了眼泪。于是，国王把自己的王位传给了本杰明。为了表达谢意，一位女王嫁给了本杰明。从此，他们过着幸福快乐的生活。

诚实的王子

从前，有一个国王，因为没有儿子，所以决定在全国的孩子中挑选一个继承自己的王位。挑选的方法很简单：所有的孩子都会领到一粒花种，谁能在三个月后种出最美的花儿，他就能当国王。

有一个叫宋金的孩子，他也领到了一粒花种。回家后，他把花种种在花盆里，每天浇水、施肥，企盼着自己的花种能开出最美丽的花朵！

然而，日子一天天地过去了，花盆里始终不见有花苗冒出来。宋金很着急，赶紧拿出种子，换了花盆和泥土，更加努力地浇水、施肥。

　　可惜两个月过去了，宋金的花盆仍然是空空的。到了国王检查花的那天，所有的孩子都来到了王宫。他们每个人手里都捧着一盆花，花儿开得又娇艳又美丽。然而，国王看着孩子们手中的花儿时，皱起了眉头。直到看到了宋金手里的空花盆，他才笑了起来。

　　国王赶紧走了过去，问："孩子，别人的花盆里都有花，你的花盆怎么是空的呢？"

　　宋金说："我把种子种在花盆里，每天都浇水、施肥，可种子怎么也不发芽，所以我只好端着空花盆来了。"国王听后，高兴地说："你真是一个诚实的好孩子，你就是将来的国王！"

　　原来，国王发给孩子们的种子都是煮过的，当然不会发芽了。别的孩子是换了种子才种出花来的。

牧猪王子

　　从前，在山谷的深处孤零零地立着一座城堡，城堡里住着一位会魔法的王子，他深深地爱上了一位美丽的公主。当王子听说公主是一个非常挑剔、蛮横的女孩时，他就开始烦恼起来，究竟怎样才能打动公主的心呢？

　　一天，王子来到父亲的坟前，发现了一朵神奇的玫瑰。只要用鼻子闻一闻，世间所有的烦恼就全忘了。王子兴奋极了，带上玫瑰和一只会唱歌的夜莺来到了公主的王宫。

　　然而，公主看到玫瑰和夜莺后，皱着眉头告诉他："在我们王国到处是玫瑰和夜莺，你的礼物实在太普通了。"王子听完，伤心极了，没想到自己的苦心却被公主嘲笑了一番。

最后，王子被公主赶出了王宫，不得不在森林里过夜。

但是，坚强的王子并没有放弃。这天夜里，他脱下外套，用刀划破，然后将地上的稀泥抹在脸上，准备再次前往王宫。

第二天，衣衫褴褛、蓬头垢面的王子自称是魔法师来到了宫殿。公主不知道他是王子，便给了他一份牧猪的差事。

从此，王子成了一位牧猪人。他白天照看猪群，晚上就回到木屋做一口四周都挂满铃铛的神奇小锅。每当锅里的汤煮沸时，铃铛就会发出阵阵悦耳的歌声。如果将手放到锅上，还能闻到令人陶醉的香味。这一切看上去是多么的神奇啊。

当公主得知有这样一口神奇的小锅后，她立即派宫女来到牧猪人的家，希望能用一枚金币把小锅买回去。

牧猪人回答："我的小锅从来不卖，只要公主能给我十个吻，我就愿意送给她。"

公主听宫女回来报告了牧猪人的话，气得满脸通红，心想："我这么高贵，怎么能去吻一个放猪的人呢！"

然而，公主抵挡不住小锅的诱惑，又叫仆人告诉他想用宫女的十个吻交换。牧猪人摇了摇头，坚持要公主的十个吻。公主没有办法，只好让宫女们将她和牧猪人围起来，很不情愿地给了牧猪人十个吻。于是，她得到了那口锅。没多久，牧猪人又做出了一件更加神奇的东西——拨浪鼓。只要轻轻转动几下，想听什么歌，拨浪鼓就会演奏出来。

公主得知后，让宫女告诉牧猪人：这次她愿意用一桶金币来换拨浪鼓。然而，牧猪人得寸进尺，非要公主的一百个吻不可。公主听说后，差点儿晕过去，但她实在太喜欢拨浪鼓了，最后只好照做。

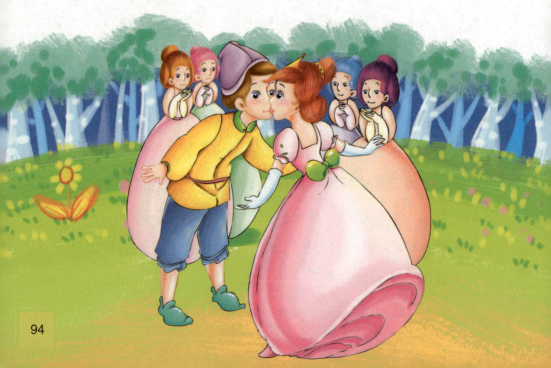

就在公主吻牧猪人的时候，国王发现了。国王大发雷霆，把公主和牧猪人一起赶出了王宫。

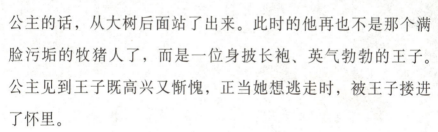

从此，公主过上了凄苦的日子，再也没有了欢乐。她常常对着一棵大树哭泣着说："假如我当初嫁给那位送玫瑰和夜莺的王子该有多好啊。"

有一天，王子听见了公主的话，从大树后面站了出来。此时的他再也不是那个满脸污垢的牧猪人了，而是一位身披长袍、英气勃勃的王子。公主见到王子既高兴又惭愧，正当她想逃走时，被王子搂进了怀里。

"美丽的公主，我就是你所说的那位王子。你以前因为挑剔失去了幸福，我相信有了这次教训，你一定会变得善良。"公主点了点头，跟着王子回到了王国。

从此以后，刁蛮的公主成了仁慈和善良的人。

黑狗王子

　　很久以前，有一个王子，他聪明伶俐，英俊善良。忧伤的人见了王子那张笑脸，也会立即快乐起来。因此，人们都叫他无忧王子。然而不幸的是，无忧王子所在的王国和邻国发生了战争，两国人民苦不堪言。直到国王让无忧王子娶了邻国的公主为妻，才平息了两国间的战火。

　　虽然公主美丽动人，但她有一颗比蛇蝎还狠毒的心。公主常常因为一些小事而毒打仆人。

那些血腥的战争，无情的杀戮，在别人眼中都是些极其残忍的事情。然而，公主并不那样认为，在她看来，战争太有趣了。从此，无忧王子变得忧郁起来，脸上再也没有了笑容。

一天，无忧王子向他最忠实的仆人约翰尼斯诉说了自己的痛苦。

"我什么时候才能摆脱这个恶妇人对我的折磨呢，我忠诚的约翰尼斯，你能帮我想想办法吗？"

约翰尼斯看着消瘦的王子，心疼地说："我亲爱的王子，您应该把公主的所作所为告诉国王，或许他能帮您取消这门亲事。到那时您一定会慢慢地好起来，重新变成一个快乐的人。"

然而，无忧王子听后失望地说："邻国公主非常虚伪，她在国王面前总是装出一副善良软弱的样子，现在国王根本就不相信我了。只要我一说她狠毒，国王就会以为我在陷害她。"

无奈之下，约翰尼斯只得带着无忧王子去黑暗森林找魔汤法师求助。

魔汤法师得知无忧王子的遭遇后，十分同情。他拿出一

杯葡萄酒，让无忧王子
喝了下去。没过一会儿，
无忧王子就睡着了。

当无忧王子醒来时，时
间竟已经过去了整整一年。这时，
魔汤法师端着一碗熬了一年的魔汤走了出
来："我尊敬的王子殿下，只要您喝下我的魔汤，不仅能让您
揭穿公主的假面目，您还可以找到真正的新娘。不过，您得先
受些委屈，变成一条丑陋的黑狗才行，您愿意吗？"王子听了，
毫不犹豫地喝下了难以下咽的魔汤。没多久，魔汤就发生了作
用。无忧王子在痛苦的呻吟声中，变成了一条丑陋的黑狗。

无忧王子回到王宫，发现举国上下正在为他送葬，因为大
家都以为失踪一年的王子早已离开了人世。看到这般情景，可
怜的王子流下了伤心的眼泪。此时，他多想跑过去，告诉人们
自己并没有死啊。可除了能发出"汪汪汪"的叫声外，他什
么话也说不出来。公主看到一条黑狗正在狂吠，再也忍不下去
了。她拿起一把刀走过去，将黑狗杀死了。一位好心的侍女见

了，难过地流下了泪水，用手轻轻抚摸着黑狗的额头。

　　就在这时，令人惊异的景象发生了：黑狗变成了王子。他向众人解释了刚才所发生的一切，然后对国王说道："父王，我要娶的是这位善良的宫女，而不是如蛇蝎般恶毒的公主。"国王听后，点了点头，答应了无忧王子与宫女的婚事。

　　邻国国王得知了女儿的所作所为后，羞愧难当。从此，无忧王子和宫女幸福地生活在一起。魔汤法师被封为大将军，一直追随着无忧王子。

王子与巨兽

秋天来了，漫山遍野的油菜花给大地披上了一件金灿灿的衣裳。在轻风的吹拂下，它们跳起了欢快的舞蹈。远远看上去，油菜花田犹如金色的大海，漂亮极了。

当艾撒尔国王看到这样的美景时，立即就爱上了这些可爱的油菜花。为了保护好它们，国王专门派了一位忠实的仆人前去看管。

然而没过几天，国王再次来到油菜地时，发现有一片油菜花被烧成了灰烬。顿时，国王大发雷霆，将看守人就地处死了。

为了避免油菜花再遭破坏，国王这次让自己的大将军亲自看管。

可是，到了第二天，油菜地又被烧了一大片。

　　大将军告诉国王，是一头全身长毛的巨兽干的。于是，国王立即向全国发出告示："谁能捉到放火的巨兽，谁就能得到一大笔赏金。"

　　有一个放羊娃听说过巨兽怕狗，便带着一条牧羊犬来到了王宫。他请求国王："尊敬的陛下，让我去看管那片油菜地吧，我有办法捉到巨兽。"国王听后，显得十分高兴，命令大将军赶紧带着放羊娃去了油菜地。

　　当天晚上，巨兽踩着沉重的步子又来了。就在它准备放火时，牧羊犬"汪汪汪"地扑了上去。

　　这时，奇怪的事情发生了，看起来魁梧的巨兽居然害怕起牧羊犬来。只见它双手抱头，浑身吓得直打哆嗦，嘴里不停地求饶："尊贵的神犬，饶了我吧，我以后再也不敢烧油菜花了。"就这样，放羊娃领走了一大笔赏金。

国王见巨兽长得十分奇特，就没有处死它，而是将它关进铁笼里，四处游街示众，以此来炫耀自己的功绩。

有一天，王子看到铁笼里的巨兽在默默地流泪，顿时同情起巨兽的遭遇来。从此以后，王子一有机会，就会偷偷地给巨兽送去好吃的。渐渐地，王子与巨兽建立了感情，成了无话不说的好朋友。

一次，巨兽向王子祈求说："亲爱的王子，我十分想念我的家人。如果你能让我重获自由，我发誓一定会报答你。"说完，巨兽眼里闪动着泪光，忍不住放声大哭起来。王子见巨兽可怜，当晚就从国王那里偷来铁笼的钥匙，将巨兽放走了。

第二天，国王带着大臣们前来观看巨兽，发现巨兽不见了。顿时，国王气得暴跳如雷。当他得知是王子放走了巨兽后，便恶狠狠地将王子赶出了王宫。

从此，可怜的王子便在森林里开始了漫无目的的流浪生活。他白天下河摸鱼、采野果，到了晚上就住进冰冷的山洞里。就这样，王子在森林里一待就是三年。

一天，衣衫褴褛的王子像往常一样上山采野果。突然树林里闪过一道黑影，王子很好奇，便跟着黑影翻山越岭，来到了一座犹如仙境的山谷。

山谷里四处烟雾缭绕，到处是高大挺拔的巨树。在一棵巨树上有一间巨大的木屋，它的房门足足有两人那么高。在饥饿的驱使下，王子顺着树上的藤蔓爬了上去，敲响了木屋的大门。

不久，从里面传来了一阵"轰隆隆"的脚步声，出来开门的竟然是三年前王子放走的巨兽。王子激动得热泪盈眶，和巨兽紧紧地拥抱在了一起，并向巨兽诉说了自己的不幸遭遇。

　　当巨兽得知这一切后，深情地对王子说："亲爱的王子，不用伤心，我一定会帮助你过上好日子的。"说完，巨兽从门前的大树上摘下一个金苹果和一个银苹果，送给了王子，并叮嘱说："这两个苹果都具有魔法，当你有困难时，就说出你的愿望，打开它吧。"

　　第二天一早，王子按照巨兽所指引的方向，踏上了寻找幸福的路途。经过三天三夜的艰难跋涉，他来到了一个陌生的王国。据当地村民说，这里常年有强盗出没。国王为此花费了大量钱财用于战争，却仍然不能战胜这些猖獗的强盗。王子得知后，非常同情村民们的遭遇，下决心要铲除强盗。

一次，国王和公主率领的军队被强盗围困在了一处山谷里。王子立即拿出金苹果，闭上眼睛许愿道："让我拥有一支军队，打败那些凶恶的强盗吧。"说完，王子打开了金苹果。

这时，奇迹发生了，从金苹果里跳出一匹雄健的战马和一群身穿黄金甲的骑士。王子跨上战马，抽出黄金宝剑，带领骑士们向着山谷冲了过去。他们杀得强盗四处逃窜，解救了国王和公主。

为此，国王和公主非常感激王子，公主还特意将一枚精美的戒指送给了他。作为回报，王子将银苹果打开，帮公主治愈了脸上的伤疤。就这样，两人成了一对甜蜜的恋人。

在国王的主持下，他们举行了隆重的婚礼。王子用善良和勇敢找到了自己的幸福。

会飞的木马

　　传说古波斯有个国王，他有一个儿子和三个女儿。王子生得标致英俊，公主们如花似玉。一天，三个商人来求见国王。他们中，一人拿着一只金乌鸦，一人拿着一只铜喇叭，还有一人牵着一匹木马。

　　前两个商人说："金乌鸦每过一个钟头，就会报一次时间；把铜喇叭放在城门上，一旦敌人前来偷袭，它就能发出刺耳的声音，把敌人吓跑。"他们把宝物献上后，便请求国王把公主许给他们为妻。国王看了看他们的宝物，便答应了。

　　这时，最后一个商人说起了会载人飞翔的木马。说完，他同样恳求国王把公主许配给他。国王想了想，让王子去试试木马。王子伸手一捏钉子，木马就驮着他升到了空中。

106

没多久，木马载着王子来到一座富丽堂皇的宫殿前，王子与一位美丽的公主相遇了。两人一见钟情，很快深深地爱上了对方，许下了忠贞不渝的誓言。

当公主的父亲萨乃奥国王得知了这一切后，将王子召进了王宫。王子恭敬地向国王行了礼，并把向公主求婚的事说了出来。国王觉得王子过于自傲轻浮，便为难王子说："只要你能打败我的军队，我就把公主嫁给你。"

"好吧！"王子一口答应了，立即骑上会飞的木马，来到了国王的军队面前。

战斗开始了，王子英勇地向国王的军队冲过去。虽然他杀伤了不少士兵，但毕竟寡不敌众，最后被会飞的木马载着回到了波斯。

当波斯国王看到儿子回来后，他开心极了，对献宝人说："你的木马真是太神奇了，你想要什么奖赏呀？"

献宝人回答："尊贵的陛下，难道您忘了吗，我把木马献给您的时候就说过，我想娶公主为妻。"国王听了，心里十分为难，因为他觉得献宝人长得又丑又老，根本不配做自己的驸马。最后，国王没有答应献宝人的要求，用一大笔钱把他打发走了。

自从王子骑着木马飞走后，萨乃奥公主由于思念王子，不久就病倒了。王子得知后，急忙骑着木马来到公主身边，将她带回了波斯，并当着波斯国王的面，正式向公主求婚。公主愉快地答应了，成了王子的未婚妻。

然而两人的好日子还没过多久，不幸的事情就发生了。一天，王子回家，发现

公主和会飞的木马都不见了。这时，一个守花园的仆人匆匆忙忙地跑来告诉他，一个又丑又老的人曾来过。

王子听后，一下子明白过来。原来一切都是那个献宝人搞的鬼。献马人因没娶到波斯公主，一直怀恨在心，伺机报复。当他得知萨乃奥公主的事后，就偷偷混入王宫，抢走了公主，用会飞的木马带着公主去到了一个不知名的地方。

这时，一位国王带着军队经过这里，见到美丽的公主在哭泣，连忙上前关心地问她发生了什么事。献马人赶紧说，公主是自己的妻子。愤怒的公主揭穿了他的谎言。国王相信了公主的话，杀掉了献宝人，并把木马存进了国库。

原来，救公主的人正是希腊的国王。他看到美丽的公主立刻爱上了她，并向公主求婚。当公主告诉他，自己是波斯王子

的未婚妻时，国王还是要求公主嫁给他。无奈之下，公主只好以装疯的办法来拒绝希腊国王。

不久，波斯王子赶到了希腊，并想出了一个救公主的好主意。他化装成一个医生来到希腊，对希腊国王说："我是一位专门治疯病的医生。您明天只要带着公主和那匹木马到您发现她的地方去，到时候我自有办法治好公主！"国王一听，高兴极了，就设宴款待了王子。

第二天一早，希腊国王带着公主和木马，来到了当初发现公主的地方。这时，王子也来了，看到自己日夜思念的公主，心里非常激动。他强忍着内心的感情，让人在草地上升起了一堆火。他假装念咒语，围着火堆跳了起来，乘机跳到公主面前。

这时，公主认出了王子。看到自己心爱的人，公主不禁流下了眼泪。王子心疼极了，但为了能顺利救出公主，赶紧对公主使了个眼色，让公主不要再哭了。

过了一会儿，王子把公主抱上木马，又围着火堆跳了一圈，自己也骑上了木马。他们俩抱紧木马，飞上了天空，朝着波斯国飞去。

希腊国王还以为这就是"医生"的妙计呢！他等呀等，一直等到天黑，仍不见"医生"和公主回来。这时，希腊国王才反应过来，"医生"已经带着公主永远地离开了。国王心里又气又悔，可又有什么办法呢？

王子和公主终于回到了波斯国，波斯国王开心极了。为了防止以后再发生什么意外，王子亲手烧毁了那匹会飞的木马。

国王为王子和公主举行了盛大的婚礼。两人终于可以永远幸福地生活在一起了。

查理王子历险记

　　很久以前，在巴格达有一位英俊的王子。他叫查理，曼苏尔是他最忠实的仆人。查理王子从小就喜欢尝试各种稀奇古怪的事情。

　　一天下午，查理王子躺在沙发上发呆，为平淡无奇的生活苦恼。就在这时，仆人曼苏尔急匆匆地来到他的寝宫，惊呼着说："尊敬的王子，宫殿门口来了一个小贩，他有一件神奇的宝贝，我们去看看吧。"

　　查理王子听后，高兴极了，立即叫仆人把小贩带了进来。小贩扛着一只大箱子走了进来。他打开箱子，里面有一只小抽屉，抽屉里面有一些黑色的粉末和一张写着古怪字体的纸。

小贩告诉王子："如果闻一闻盒内的粉末，然后说一声纸上的咒语'开'，他就能变成自己想变的动物。如果想恢复原样，只要把那句咒语再念一遍，就变回来了。可是，当你变成动物后，千万不能笑。否则，那句咒语会从你的记忆里消失，你将永远成为一只动物。"

查理王子听完，高兴得手舞足蹈，立即买下了这些神奇的粉末。他对仆人说："曼苏尔，我们要是真能变成动物，那该多有趣啊！你愿意和我一起尝试吗？"曼苏尔听后，欣然同意。

第二天一早，查理王子和仆人来到池塘边，正好看见两只仙鹤站在水里。查理王子兴奋地说："曼苏尔，我们先变成两只长腿仙鹤吧。"

于是，查理王子和仆人一起闻了闻粉末，然后齐声说："开！"很快，他们的腿就变得又细又长，双臂变成了翅膀，身上长满了白得发亮的羽毛。两人都变成了漂亮的仙鹤。这时候，来了一只长得非常滑稽的仙鹤，在旁边跳起了舞。看到它臃肿的身段和短小的双腿，查理王子和仆人忍不住"嘎嘎嘎"地大笑起来。

这时，仆人突然想起了小贩的话，便对查理王子大叫一声："糟了，我们永远也变不回人形了！"查理王子听后，赶紧捂上嘴巴，止住了笑声。

可惜一切都已经太晚了，他们再也想不起那句咒语了。难道查理王子和仆人就只能永远做仙鹤吗？仆人放声大哭，查理王子安慰他说："曼苏尔，不要难过，我们一定能找到解决办法的。"

不久，他们飞到了一座废墟前，听到了一阵哭泣声。他们透过窗户，发现是一只伤心的猫头鹰。猫头鹰看到查理王子和曼苏尔，高兴地喊道："见到你们，真是太高兴了，你们一定是来拯救我脱离苦海的福星。"

查理王子听后，奇怪地问："你为什么这么说呢？"于是，

猫头鹰向查理王子讲述了自己的身世："我是印度国王的女儿，名叫鲁莎。因为我拒绝嫁给一个邪恶的魔法师，所以被他变成了猫头鹰。

"后来，一位圣灵仙女告诉我，如果想恢复原样，除非有人向我求婚。不知道你们愿意帮助我吗？"

善良的查理王子听后，非常同情鲁莎公主的遭遇，立即点头同意了。他深情地对猫头鹰说道："美丽的鲁莎公主，你愿意嫁给我吗？"

话音刚落，猫头鹰的羽毛像雪花一样纷纷扬扬地脱落了，渐渐地变成了一位美丽的少女。同样，为了帮助查理王子和仆人恢复原样，鲁莎公主带着他们来到了迷幻谷，从圣灵仙女口中得知了真相。原来，那个卖粉末的小贩就是将鲁莎公主变为猫头鹰的魔法师。最后，鲁莎公主按照圣灵仙女所说的方法，重新变回猫头鹰，带着一颗水晶球飞到了魔法师的洞穴里。

鲁莎公主见到魔法师，便装出一副懊悔的样子说："我再也不想过猫头鹰的日子了，只要你能让我变回人形，我愿意嫁

给你!"

　　魔法师见鲁莎公主终于回心转意,高兴极了,满脸堆笑地说:"亲爱的,你只需说一声'开'就可以了。"

　　鲁莎公主听到咒语后,立即将嘴里的水晶球吐了出来。洞穴里顿时变得宛如白昼,可恶的魔法师化成了一阵白烟。

　　查理王子和仆人获得咒语后,立即迈开长腿奔向门口,齐声喊道:"开!"瞬间,他们都恢复了原来的模样,两人紧紧地拥抱在一起,高兴地跳了起来。

　　查理王子激动地对鲁莎公主说:"谢谢你,美丽的公主,你是我的救命恩人。你愿意做我的妻子吗?"鲁莎公主愉快地答应了。

　　从此,查理王子和鲁莎公主幸福地生活在了一起。

寻找快乐的王子

从前，意大利有一个国王，他非常宠爱自己的小王子。无论小王子想要什么，他总是尽量满足他。可是，最近几天，小王子又变得不开心了，整天愁眉苦脸的，让人十分担心。

"你想要什么呀？"国王焦急地问小王子，"是珍贵的珠宝，还是可口的美食？"

"亲爱的父王，我不想再要什么了，因为你实在太爱我了。吃的、穿的、用的、玩的我都有了，唯独没有快乐。"小王子说完，情绪显得十分低落。

无奈之下，国王向全国发出告示："谁要是能让小王子快乐起来，他将得到一辈子也用不完的财富。"虽然很多人前来出主意，但小王子仍旧不快乐。

最后，一位魔法师向国王建议说："让王子穿上快乐人的衬衫吧，他一定会快乐起

来的。"于是，国王让小王子去寻找快乐人的衬衫。

几天后，小王子遇到一位牧师。虽然牧师总说自己很快乐，但看得出，他是一个势利小人。因为他总希望得到更多的好处，比如让国王提升他为全国的教主。很快，小王子就看出了真相，拒绝了牧师的衬衫。

后来，小王子又来到一座海岛上，找到了一个即将死去的老人。老人笑着说："我这一辈子确实特别快乐，从来没有忧愁过。不过，我很快就要死了，如果谁能让我永生，我愿意用我的财富与他交换。"老人说着说着，流下了伤心的泪水。看来老人也并不快乐，因为他恐惧死亡。小王子感到十分失落，回到王宫后，再也没有说过话。

一天，从王宫外传来了一阵美妙的歌声。歌声是那么的悠扬婉转、悦耳动听。王子听了，立即变得快乐起来。可以想象，唱歌的人是多么的快乐。王子随着歌声走了过去，想要见一见这位能给他带来欢乐的人。

然而，王子走近时才发现是一个衣衫褴褛、蓬头垢面的流浪汉在欢快地吹着笛子。王子很吃惊，不解地问流浪汉："喂，流浪汉先生，你穿得这么破烂，为什么还这么快乐呢？你的笛子吹得很动听，如果你愿意就做我的乐师吧。"

然而，流浪汉笑呵呵地回答："尊敬的王子殿下，谢谢你的好意。虽然我吃得没你好，穿得不如你漂亮，但我真的很快乐，也很满足啊。"

王子听了，高兴极了，因为他终于明白了什么叫作快乐——只有知足的人才会永远地拥有快乐！从此，小王子不再忧郁。他和流浪汉成了好朋友，变得快乐起来。

小王子与魔鞭

遥远的北极，住着一个戴宝石项链的小王子，由他管理着大海的一切。一只白熊临终前交给小王子一条银色鞭子，请小王子帮它报仇。

小王子抖了抖魔鞭，马上变成了梳着髻、穿着和服、脚上还踏着木屐的孩子。

小王子坐着一艘冰船，来到小渔村。走了许久，小王子敲开了一户人家的门，说："我迷路了，可以在这里留宿吗？"两个孩子答应了。寒风凛冽的夜晚，妹妹给他端来仅有的稀粥，哥哥给他盖上唯一的棉被。小王子想："原来人类也有好人！我一定要找到真正的坏人！"

之后，小王子沿着海边的树林继续往前走。走了很久之后，小王子已十分疲惫，于是他靠在树干上打起盹儿来。

"孩子呀，这样睡觉可要被冻死！"善良的老猎人把小王子领到了林中小屋取暖。

小王子说："你这么爱打猎，打到过白熊吗？"

老猎人说："我只看见过黑熊和棕熊，从来没有见过白熊呢！"

小王子松了一口气。突然，一只大黑熊跑来偷袭，小王子握着闪闪发亮的魔鞭，猛地打在黑熊身上。黑熊全身颤抖，伏在地上不敢动弹。

小王子说："黑熊呀，不要再吃人了，否则就会被人吃掉。"黑熊听从了劝告，发誓说："我再也不敢打扰人类的生活了。"

猎人见了，吓得目瞪口呆，赶紧往外跑。可不久，猎人又跑回来说："不好了，海盗正在四处打听你的魔鞭和你脖子上的项链，你快避一避吧！"

小王子挥舞着魔鞭，立即来到了挂着骷髅旗的海盗船。受惊的海盗拿出了刀枪，问："你是谁？"

小王子取下宝石项链扔过去，大声说："我是给你们送礼的人！"海盗们的眼里闪出光芒，为抢夺宝贝打了起来。小王子说："别打了！这条项链属于打伤白熊的人，他才有资格拥有。"

一个红头发海盗跳起来说："是我，是我打伤了白熊！"他一把夺过项链，套在自己的脖子上。"坏蛋，你将永远生活在海里，永远都无法填饱肚子！"小王子一边念着咒语，一边挥舞魔鞭，红头发海盗变成了一只孤独的白熊。

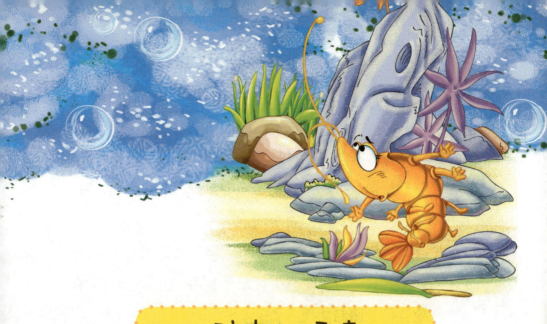

骗来的眼睛

很久以前，虾和蚯蚓是邻居，都住在陆地上。那时，蚯蚓有两只又圆又亮的眼睛，而虾却没有。蚯蚓为了安慰他，经常给他讲好听的故事，唱优美动听的歌给他听。

有一天，虾对蚯蚓说："老朋友，我跟你商量点儿事情，你能不能把眼睛借给我用一用，让我亲眼看看这个世界是什么样子？哪怕只让我看一眼呢，我也就心满意足了。"

蚯蚓毫不迟疑地答应了，把两只又圆又大的眼睛安在了虾尖尖的脑袋上。虾睁开眼睛一看，不禁吃惊地大叫起来："哎呀，想不到世界这么美丽！看来，没有眼睛是地狱，有了眼睛才是天堂啊！"

虾一面感叹着，一面动起了坏心眼。他突然大叫一声："快看，那是什么？"蚯蚓忙转过头去，这时候他才想起来，自己什么也看不见了，眼睛借给虾了。

蚯蚓转过头来对虾说："快把眼睛还给我。"可是没有人回答。原来，趁蚯蚓转身的机会，虾一个猛子扎进了水里，再也不上来了。

可怜的蚯蚓到处摸索着，也找不到那个虾骗子。从此，他再也不唱歌了。这个世界虽然仍然阳光明媚，但却让他感到伤心，于是他就钻到阴暗的地下去了。

那么虾呢？骗来的东西终归不是自己的，不管他怎么安装，那两只眼睛总是鼓在尖尖的额角两旁，又难看，又好笑！一看就知道不是他自己的。

而且，自从他骗来蚯蚓眼睛的那天起，他就永远失去了快乐，因为他总害怕蚯蚓找来算账，一天到晚总是躲躲闪闪的，有时连看见自己的影子都会吓一大跳，慌忙逃窜。